グレイスは死んだのか

赤松りかこ
Rikako Akamatsu

新潮社

目次

グレイスは死んだのか

グレイスは死んだのか

犬はたしかに弱っていた。
体温38・1度
心拍120bpm
血圧150の103
肺音ノーマル
心音ノーマル
胸・腹部X線画像　正常
四肢ややCP低下も、神経検査異常なし
一般血液検査
CBC　好酸球3パーセント、リンパ球5パーセントにて軽度ストレスパターン
ケミストリー　肝酵素やや上昇程度にて著変認めず
内分泌　甲状腺ホルモン等　正常値
心筋酵素・炎症蛋白等　正常値

正常
ノーマル
異常なし
著変認めず……
黒く大きな犬は横たわり、静かに呼吸を繰り返している。被毛は長くつやつやしており、かつてあばらの浮いていた軀幹には豊かに肉が乗って厚みのある脂肪をすらまとっている。長いまつげに覆われた潤いのある目をのぞきこみ、ペンライトの光をあててみると瞳孔は機敏に縮みこんだ。
この犬は競技犬であり、狩猟に使われていたような強靱なる若者だ。子をとる予定のため避妊手術は施しておらず内生殖器や性ホルモンにも問題はない。仔犬のころから診ているが、これまで健康そのものだった。いまも、朝晩の餌を充分に摂り、通じもしっかりしている。散歩は嫌がるようになったが、家の周囲を回るくらいは雑作もない。
そして、死にかけている。

1

犬の飼い主は三十そこそこの無口で小柄な浅黒い肌の男で、つぼめた口先を突き出すようにしながら思いつめた表情をしている。一年ほど前まで競走馬の調教師を生業にしていたこの男はいつも顎を強く引き、底光りのする目で掬いあげるようにこちらを見る。何かを求めているが自分自身もその核心をつかめない、そんな眼差しで。男はこころもち首をかしげながら、聞くとはなし聞かぬでもなく、飼い犬であるグレイスの病状について説明するわたしを見上げつつ黙りこくって座っている。

「原因がはっきりしません、あとは脳腫瘍を否定するためMRIをかけるとか。大学病院を紹介することもできます。東京は獣医大学がみっつもあるんだから……」

説明しながらわたしは口の中の銀歯が急に存在感を増したように感じる。舌先で口中のつめものをあちこちさぐりながら、これは事実上の敗北宣言だと苦く考えた。

年若い動物看護師たちは以前から男を怖がっており、検査や会計の名目で奥へ引っ込んでいる。男はのろのろと顔をあげ、「オリーブ先生、おれはね」と言いかけて口をつぐみ、クリニックの窓にさしかかるように植えてあるナナカマドの赤い実を見上げた。北海道の大学で研修をつんでいたころ、おとずれた北海道神宮で折りとった二枝を持ち帰り、植えたものだった。一枝は枯れ、一枝は育った。かれはわたしを他のドクターと区別するべく「オリーブ先生」と妙なあだ名をつけ、診察室でも待合室でもそれが自明であるかのように用いてはばからなかった。「オリーブ先生の診察でお願いします」こんな風に。初診時に名乗ったわたしを、男は返事もせずにジッと見つめたすえ「院長先生は『オリーブ』だね、あの、アメリカン・アニメーションにでてくる細長い女ですよ」と自信ありげに宣言した。わたしは反感をこめた苦笑いを向ける。ホウレン草缶でパワー・アップする恋人をあてにして、困難のたび「助けてポパイ」と裏声で叫んでいては院長は務まらない。

　男が急に立ち上がったのでわたしはぎょっとしたが、待合室のラックに掛けてあった美術雑誌を持ってきたのにはもっと驚いた。先の遭難事故のとき負ったという傷から、内側にまきこまれるように変形した足をたくみに折り曲げると、診察室のわたしの横にあった荷物置き用の小椅子に軽く腰を下ろす。

「これ！」

　人と会話することの極端に少ない人間を思わせる強弱の不安定な声をあげ、あるページを指さす。フランシスコ・デ・ゴヤの特集だ。

「この、絵、先生はこの犬が何だかわかりますか……」

　不安定に弱まった語尾はこんどはほとんどため息のようだった。「砂に埋もれる犬」という絵のカラー写真。その犬は顎まで埋まっている。茶褐色に湿り気をおび、塩が浮いた重たい砂。なにもかもが午後の陽光を受け鈍く光っている。遠景というわけでもないが、犬の表情はよく見えない。犬種も不明で、かれが何を訊いているのかさっぱりわからない。

「この犬はずいぶん負けていると思いませんか」

　負けている？　砂漠か何かで砂礫にうずもれてしまったかわいそうなこの犬が、何に？

　わたしは、犬が懸命に砂を掻いてこの状況から回復しようとしているのではないかと返したが、妙にかたくなな態度になった男はとつとつと、しかし有無を言わさぬ断定的な口ぶりで述べ立てる。

「この犬は人の意志で埋められた。犬はここから這い出ることができる。だけどその人が帰ってきて、埋めたときを逆戻しするように砂を掻いて穴から出してくれるのを待っている。そういう顔だ、いじましい眼、口を閉じきって鳴きもしない。だから決定的に負けているんだ」

その後頭部からうなじにかけて、当事者の苦痛をあらわしながら呻くように続ける。

「こんな無残なことはない、こんな無残なことはない」

わたしはあらためて雑誌を手に取り、膝の上で広げたカラー写真へ目を落とす。すると、犬の前に陽炎のように立つ何かの影が、犬を見下ろす人間を塗りつぶしたものに見えてくるようで薄気味悪く感じた。

患畜
名前　グレイス
未避妊メス
4歳
フラットコーテッド・レトリーバー
今年五月　狂犬病ワクチン済み
　　　（病気治療のため繰り下げ）
月一回フィラリア予防薬開始
ノミ・ダニ予防　スポットオン剤投薬

今年九月　６種混合ワクチン済み

今年一月からの病気治療は飼い主とともに遭難していた間の栄養不良による削痩および寄生虫感染の治療のためであり、すみやかに快癒。その後の血液検査および一般状態に問題は認められなかった。

静脈にゆっくり落ち続ける点滴の番をしながらわたしは何度もカルテをめくり、積み上げた医学書をまた最初からひも解く。

線維肉腫

自己免疫性多発性関節炎

ダニ媒介性紅斑熱

ビタミン、微量元素欠乏症

アミロイドーシス

線維軟骨塞栓症

小脳ヘルニア……

薄暗く光量をおとした蛍光灯の下、横たわって目を閉じていた犬はおおきな塊にみえる頭をふいにもたげ、くびをめぐらしてあたりをうかがった。そこに鉄板と、ステンレスの格子でくみ上げられたケージを認め、目を細めるとまた打ちつけるように頭を落とした。

この犬の肉体は生きることに飽いておらず、おのおの臓器にせよ、固い骨にせよ、一粒の血球にいたるまでが勤勉で従順な労働者のように静かに立ち働いている。

しかし、なにか核心に泡のような真空を抱え、あらゆる細胞がその周辺でひっそり生を営んでいるようなよそよそしさを感じるのだ。

ウイルスや細菌の侵入に対する激しいあらがい、痛みや痒みで異常をつたえる肉体の叫び、酸素や循環を求める喘ぎ、体液の逸脱を防ごうとする連鎖反応、この犬にはそれらが何もない。この犬は健康体である。

そして死につつある。

なぜかはわからない。


翌週、飼い主の同意を得て検診センターにて全身麻酔下でＭＲＩの撮影を実施。脳の一部にごく軽度の梗塞と思われる痕跡は認められたものの、現症と係る病変は発見されず。

泡のような細胞の真空……。

脳細胞の空胞変性、リソソームの先天欠損であるライソゾーム病かもしれない！

運動失調がない、年齢がやや行き過ぎているという疑問はあるが、珍しい難病中の難病なのだから例外はいくらでもあるだろう。さっそく遺伝子検査のため検体を鹿児島大学へ送ることにした。結果が出るまでには二週間以上かかるということだがわたしはほとんど確信し、久しぶりに気持ちが上向いた。


「グレイスちゃんの飼い主さん、ちょっと苦手です、あたし」

外科器具をパッキングしながら看護師たちがおしゃべりをしている。

「怪我するまえ、馬の調教師だったときの話とか怖かったじゃないですか」

後輩看護師の言葉に先輩たちが同意する気配が漂う。四年ほどまえ、かれはこのクリニックのガラス戸へ鼻を擦り付けんばかりにしてとつぜん立っていた。予約もなしに、晩秋のぬるい霧雨のなかスタジアム・ジャンパーの前を掻き合わせ内に着込んだパーカーのフードを目深にかぶって上衣の腹に仔犬を慎重に抱えながら。突如あらわれた黒い影のような姿は掃除用具を携えて表へ出ようとしたスタッフにちいさな悲鳴をあげさせた。

「オリーブ先生、躾《しつけ》と調教はぜんぜん、違うんす」

ブリーダーから買ったという黒い仔犬にワクチンを施してほしいと診察台へ載せたかれに、接種まえの身体検査をしながら大型犬の躾について説明していたわたしは、馬の調教師さんならそのあたりは大丈夫かしらねと言った。かれはじっと顎を首につけおとなしく聞いていたが突然声をあげた。

躾、と、調教、は根本から違うんだ
かれは何かを考え始めるときいつも心中でこう前置きする、そうするとあらゆることが、たとえそれが記憶や理解に困難なことであっても小さくまとまって掌におさまり、やすやすと取り扱えるように感じられると言った。診察台の上でうろついている仔犬は両肩に置かれたかれの手、挟みこむようにぎゅっと力をこめたそれをむずかって逃れようとする。わたしはかれのごつりとした甲、小さくすぼまったような顔に比べてやけに大きく感じる手に少しひるむような気持ちがした。

「躾は形の良い小さな枠に少しずつ生き物を詰め込んで整えていくことで……」

かれは片手を犬の肩から離し、こんどは指の関節をたわめるようにたたみこむと、親指を握りこんだ奇妙な拳を作ってみせる。

「調教はその枠に、何の感情も持たず、自分から入っていくようにすること」

躾は誉める、叱るのバランスが必要だが、調教は時に応じた痛みを与えることがすべて、そうじゃないすか？　いや、そうなんす、とあどけないような表情ですっきりと首を立てて断定した男に、注射の準備をしながらこちらをうかがっていた動物看護師は、馬の尾のようにすんなりと束ねていた薄茶の髪が自分の肩を打つ音がするほどに勢いをつけてきっとかれを見やった。

「たとえばさ、見てくださいよ。このコマみたいな形を作ればわき腹やこめかみを鋭く突くことができるし、こっちの消耗は最小限ですむ。靴とかで顔を撲るのもいい、馬にナメられたらだめなんす」

顔を撲ることは重要だ。外界から多くの情報を受け取る器官、すべてのエネルギーを取り入れる器官が集中している頭部。その部分への、理屈などないどうあっても逃れることのできない自然災害のような暴力。これは覿面《てきめん》に効く。それまで狡猾さや甘え、体格的優位からくる侮りをあらわしていた黒く丸い眼が、熱い鼻血がしたたるにつれ、みるみる水分を失い、乾いてしわのよったぶどうのようになる。

「もちろんだけど、おれは馬を憎んでないよ。ものすごく大事に思ってるんだ、だからこそ撲るんだ」

一方的な暴力は感情という厄介なものを生み出す脳の局部を壊死させるため、そこへ至る血管を一刀両断する重要な手続きだ……。

看護師は大きな音をたてて器具を置くと、「検査数値を見てきます」と言い、診察室を出ていく。

「オリーブ先生だって犬を治すために針で刺したりメスで切ったりするだろう？　それと同じですよ」

わたしは不快感を覚え、続く言葉を「あのですね、それは違いますよ」と遮ったが、かれは自分の熟練に満足している表情で、こちらの言葉には耳を貸さず育てあげたすばらしい馬たちについて滔々と語った。美しい馬が高く頭を上げ、ゲートで出走を待つ姿。競走馬らは夾雑物の混じった不透明な気質、野生馬の荒々しさが濾過された純粋さで、闘争心をたった一つのことへ向け滾らせていた……。


四年前から今へつづく嫌悪感をいまだ維持しているようすの看護師はパッキングするための有窓布をやけに大きな音をたてて振るった。

「正直、遭難事故も自業自得っていうか。しかも狩りのために山行くとかって怖くないですか。厭なやつ。スポーツで動物撃つとかヤバいよ、足だめにしてあたりまえ」

心中、わたしは看護師の意見にいくらか同意していたものの、立場上、飼い主の陰口を言ってはいけないとたしなめる。看護師たちは、はあーいと口々に応じたがおのおの目くばせしあって反感を共有している。

しかし……わたしはふだん他人と接していてあまり浮かばない逆説が、かれに係ると次々わいてくるのを不思議に思いながら手術室を出た。当時のわりきれなかった感情、不透明な水底の景色へ、いま、再び思考が沈潜していく。かれはそのとき、こうも付け加えていた。

陶酔したようにしゃべり続けていたかれは急に口をつぐみ、仔犬の背中へ目をおとした。診察台の上を落ち着きなく動き回っていた仔犬は、周囲を嗅ぎまわるのにも飽きてゴム製の診療マットの上で腹ばいになり目を閉じてしまっている。

「でもねえ、オリーブ先生、そんなふうにして仕上げた馬たちが厩舎で、一列に頭を並べて静かに干草を食ってるところを見ると時どき変な、さびしい気持ちにもなるんす」

そんな時、かれはいつも馬に与える以上の量の草を大鎌で刈り取り、腕いっぱいに抱え込んで緑の汁をしたたらせながらむっとたちのぼる青いにおいを吸い込むのだと、ここにその草いきれを感じているかのように目を閉じた。

検査の結果が来るまで手をこまぬいているわけにはゆかない。ライソゾーム病だとして、脳の炎症を抑える薬を使うことは価値があるかもしれない。この病は脳細胞の老廃物を取り込むリソソームという細胞内小器官で分解酵素が作られなくなるもので、ゴミ処理場を失った脳細胞は自らのつくりだした代謝産物でいっぱいになって壊死する。根本治療はできない、そのような説明をしたのち、ステロイドを1ミリグラムパーキロで始めてみようと提案すると、男はあっさり了承した。投薬五日目から犬は少し立ち上がり、リードを牽けば病院裏手にしつらえた三畳ほどの運動場を、二十分ほどもノソノソと歩き回るようになった。ただ、下洗い用の蛇口ばかりに執着するので、水を求めているだけのようにも見える。

首を強く牽かれて、ゆっくりと歩き出すその様は、大学時代の実習で解剖のために牛舎から連れ出された牛の歩みを思い出させた。

歩き回る『グレイスちゃん』の姿を見せると、飼い主である男は口を突き出すようにしたまま、ふーむと呟き、両腕を抱えるように組んだ。

かれはひどく疲れているのか壁へもたれかかっている。足をケガしてから調教師を辞め事務方の仕事をしていると言うがしっくりこないのかもしれない。かといって以前の仕事に未練があるようにも見えなかった。かれは病院敷地の運動場の、コンクリートに防水ゴムを塗った壁へしんと寄りかかり、とてつもない大長編を読み終えたあとのように、放心しながらもその余韻を身に響かせている様子で犬を見ていた。

足を気遣い、院内で話のつづきをしようと促すと、かれは初めて気づいたように自分の下半身を見下ろし、ふしぎだなあ、とつぶやいた。

「この足、崖から落ちたんです。でもなあ、ぐしゃぐしゃになって固まって、それでしっかりやってたんだけどこっちに戻れてから入院した大きい病院の先生がだめだって言う。整形外科医が

『つまりこう、右足根骨《そっこんこつ》が折れた上でね、関節面のポジションが不正に内旋したまま筋萎縮をおこしたわけ。外科的手技の適応か、検討しましょう。とりあえずリハビリで様子見るかな。折れ方も癒合過程も良くない、悪い脚だ』ってね」

松葉杖を渡され、大量の薬を飲み、色とりどりの液体を注入され、全身を磨かれ髭をあたってもらい、明るい蛍光緑の入院着を着て、さまざまな治療を施されたかれは、自分がかつての姿に戻してもらいつつあると感じ、以前の姿を知らぬ医療者らが、忘れかけていたかれ自身よりもそれをよく知っていることに驚いた。

「人間に決まった抜き型があるなら、今の自分はあちこちひどくはみ出すんだろうね……。医者たちは正しい型におれを詰め込んでいってくれようとしたんだな。でもね、突っ張ったままの悪くて固い脚が今や軸になってしっかり体を支えてるんだ。こっちのまともな脚より頼りになることもある。おれにはもう『治る』ってことがうまくイメージできないね」

小さな運動場の端でほとんど目を閉じ、こころもち尖らせた唇の先端だけをもそもそ動かしながらしゃべっていた男は急にまぶたをおしひらいてこちらを見る。

「オリーブ先生、グレイスはどうなるのが正解なんすかね。つまりオリーブ先生はこの犬のもともとの型、みたいのを知ってるから、それに近づけようとしてるんでしょ。おれは」

かれは文学の語り口も科学の文脈も論理の言語も持たない、やみくもで赤裸の表現でなにかを懸命に語ろうとしていた。

「よくわからないんす。よくわからなくなった。でもなんでこいつが死にそうなのかはわかる気もするんすよ……」

問い返そうとしたがかれはよろめくように膝をついたのでわたしは支えようとかがみこんだ。かれはふらついたのでなく、犬が見向きもしなかったドライフードで満たされたままの器に歩みを阻まれただけのようだった。

あしもとに置いてあったステンレスの餌箱をかがみこんで横へ除けようとしたかれに向かってグレイスがうなだれていた頸を上げて一声、激しく吠えかかり躍りかかった。おりしも、運動のためにチェーンチョーカーを外していたためわたしは制御することができず、犬はサンドバッグほどもある巨体で男を横ざまになぎ倒すと、その肩をおさえつける。鼻の上に皺を寄せ、まくりあげた唇から真っ白の犬歯をあらわしながらかれの首へ激しく咬みついた。咬んだ、ように見えたのは彼女が芝居がかった大仰さで襟首の布を頭を振り立てながらゆすぶったからだった。かれはすこしも傷を負っていないのが明らかにもかかわらず、半分目を閉じるようにして糞尿のしみ込んだ運動場のざらつく床に頬をおしつけたままでいる。

四か月齢から訓練を受けた従順な犬が飼い主に刃向かうことなど通常ありえない。

グレイスは血統書つきの名犬だが、マズルが短く尾の飾り毛が貧弱なためドッグ・ショウに出すことはかなわなかった。しかしフィールド競技犬として優秀な成績をおさめた。高額な訓練を受けさせかつかれ自身もじゅうぶん意識的に躾をほどこしたため、おととし行われた大会で入賞の楯をいくつもとった。とくに水鳥を模したダミーを人造湖から回収させる競技では優秀なタイムをたたき出し、総合点で惜しくも一等賞は逃したものの、表彰の壇上でフィールドトライアルクラブ会長から特別の一言を添えられたのだ。赤銅いろのメダルを胸元に下げたグレイスはかたわらに膝をついた飼い主の満足そうな様子をうかがい、彼女自身も歓喜をあらわして記念写真のカメラへ鼻づらを向けた。

その犬がいま、強い野性の無表情のなかに自然界すべてを味方につけたかのごとき理知をひらめかせ、一個の人間を組み伏せている。

かれはゆっくりと、慎重に犬の太い腕の下から自らの体を抜き取った。あたまを低くしたまま黒い飾り毛の脇腹の下を通し、そのままうつぶせになりじっとしている。そこには他者に介入をゆるさない交感があった。

犬の腕には点滴の管を保護するネオンイエローの伸縮包帯が巻かれ、それだけが場違いにテカテカとしている。身を離し、運動場の隅あたりであぐらをかいたかれは目をそらして何かを待っており、犬は四肢をスックと立て男を注視する。

戸外へ通ずる鉄扉の向こうは早い夕暮れで、運動場を取り囲む建物の外壁に挟まれた遠い空は濃紺に切られ星がでている。狭いすき間を吹き下ろす風が鳴った。

「グレイス！　ノオ！　バッド、ガール！」

わたしは我知らずひっくり返った声をあげていた。掛け釘に下げてあったチェーンチョーカーとリードへ手を伸ばし、犬へ見せつけるように音をたててゆすぶる。

「バッド、ガール！　バッド、ガール！　悪い子、悪い子だよ！」

犬と男の間にあった時間が途切れた。静寂の音楽が止んだようだった。

グレイスは地べたへ尻をつけ次の命令を待ったがかれもわたしも黙ったままなのでそのままどさりと伏せた。

鉄扉の向こうは院の駐車場になっており、とつぜん鋭い光がさし込んできたので予約の患者が来たことが知れた。わたしは「失礼します、看護師を呼んでおくのでもう少し面会なさっていいですよ」と言い置き、そそくさと運動場を後にする。

運動場と裏口で通じている犬舎を通り抜けるとき、檻のなかにいる患犬たちが、みなそれぞれ腹帯で覆われたり傷なめ防止のプラスチック襟を装着されたりギプスで足を固められながら押し黙り、闇に光る目でジッとこちらを見つめているように感じた。わたしは犬たちがさきの一部始終を開け放してあった通風窓から見聞きし、嗅いでいたことを知って、なぜか恥ずかしさを覚えた。


犬はぷかぷか浮いている。プールにだ。両肩と腰に浮き輪を巻きつけ、ゆるく作られている流れに向かい外向きに曲げた肢を曲げ伸ばししながら押し流されないよう工夫している。ステロイド治療を始めて一週間たった。知り合いの獣医を頼り、首都圏に唯一ある動物用のトレッド・ミル施設へグレイスを連れてきたのは、水禽を追う訓練で彼女が得意としていた水中のピックアップを思い出させ、衰え続ける筋力をとり戻させるためだった。しばらくもがくように肢をばたつかせていた彼女は、やがて力を抜いてしまい、トレーナーの手をすり抜け、なすがまま五メートルほども後ろへ流されていった。

「四肢の筋反射は普通だね、位置知覚反射《C.P.》も落ちてないし、膝蓋腱反射《K.J.》もノーマルだし」

わたしとトレーナーの手によりプールサイドへ引き揚げられたグレイスは全身から水を滴らせ、足元へひろがる水たまりに鼻先をつけんばかりにうなだれている。

「グッ、グッガール、グレイス！」

英語に堪能なトレーナーの励ましにわずかに尾を振ってみせる彼女は先日みせた強靱さとうってかわった、子役のようなものわかりの良さをあらわし、前肢をそろえ「お座り」している。

高くに設置された窓から晩秋の陽が降り、あちこちに置かれた色とりどりのウレタン製運動具を明るく照らしている。淡いブルーの水底は澄みに澄んで、水面の波立ちが作る網目もようの影を天井と同じく映しこんでいる。天井を横断するように万国旗や三角の飾りがはりめぐらされているのを見上げ、グレイスへ目をやると彼女はトレーナーの骨ばった手のひらに側頭筋が落ちたため尖ってみえる頭を撫でられながら尾を振り続けていた。

わたしはふいにものさびしさをおぼえ、男の話していた馬房でおとなしく草を食む競走馬を思い出しギクリとする。

運動場で鋭く吠えたあの時の犬は、男の肩をおさえつけ且つ男との間に十分な諒解が成ったとわかったとたん、一定のやりかたにもとづいて結着させた。

正義

そこには遺伝子という聖典に書きこまれているような正義があった。わたしたちの地上のどの裁判所が、あれほどの正しさを揮えるだろう。

良くない考え方だと自分を戒め、さきの感覚を振り払おうとする。病気には原因がある、数学の問題と同じで答えが隠されているから難しく感じるのだ。患畜や患畜の飼い主は怪《ケ》のちからを持っている。とりこまれないよう、論理の塔にこもらなければならない。

「遺伝病はいろいろ調べた？　このあいだ言ってたライソゾーム病は結局どうだったの」

獣医師の資格も持つトレーナーがかたく束ねていた髪をほどき、顔を傾けて絞りながらたずねてきたので、わたしは首を振った。遺伝素因は無い、行き詰まった。

「若いし、他の遺伝病も視野に入れていいんじゃない。この子の血縁を洗ってみるとか」


数日後、貧血がでてきたので病院の供血犬から１００ccの輸血を行うことにした。フィルターを通した黒っぽく見える血液がゆっくり通されていくグレイスの隣へ、大型犬用のマットを敷くと、男は小さく礼を言ってからそこへ肘をついてよこたわり、伏せながら口をあけ舌をだして息をついている飼い犬の横顔を見た。輸血はクロスマッチが適合しても、場合によっては拒否反応がおこり急変することもある、と説明すると男はできるならば付き添いたいと申し出た。夜間は割高である人手の節約にもなるのでわたしは受け入れた。スタッフの帰ったクリニック内はモニタやチャンバーの音だけが小さく響いている。

雑誌の原稿を書いていると、開け放している入院犬舎から小さくつむぐような声が漏れ聞こえてくる。

「グレイス、なあ、ブリーダーのうちでおれに会ったときのこと、おぼえてるか。あのデブ女だよ。部屋の隅であの女の赤ん坊がぎゃあぎゃあ泣いてたろ。小さい檻でクソまみれだったおまえ、かぶせてあった新聞紙を引き込んで食ってたなあ。こんながりがりじゃ良い犬にはならないと思ったけど、思い直したんだ。飢えを知ってるやつは底力がある、ゲンコツを浴びせられつづけたやつは礼儀正しい……」

感傷的になったのか声をつまらせながらも途切れることなくしゃべりつづける。

「グレイス、おまえ小さかった。持ってったカゴじゃ大きすぎておれのパーカーでくるんで、腹に入れて電車に乗ったんだ。名前はせめていいのつけようって。英語、卒業以来はじめてあの、緑の分厚い辞書を出して」

かれは急に言葉を切った。わたしは車輪つきのドクターズチェアを足でこぎ、少し失礼かと思ったが犬舎の中へ向かい声をかけた。

「そうだ、グレイスちゃんの血縁がなにか遺伝病を持ってないか調べたいから、そのブリーダーについて教えてもらえませんか」

照明をおとしてある扉のあちらから、小さい呼吸音と犬のパンティングが交互に聞こえてくる。かれが求められてまとまったはなしを始めるときは五分ちかくも沈黙することや、長々しく語るがたいがい的を外していることはよくわかっていたので、わたしはさして期待せず、膝の上に束ねた論文の写しに目を落としながら書き込みを続けた。ふん、と鼻を鳴らし冷笑する具合にかれは話し始める。こちらへ寝そべった怠惰な背をみせつつ奇妙な懐かしさもその声の端に滲ませながら。

「あの繁殖家、あいつといったら……」

畳が干上がり、けば立っていた。ブリーダーの女は膝を崩して座り、赤い逆光に翳る、輪郭の膨れた顔をこちらへ向けて男が取り出した封筒を見ている。中には調教師としての月給に近い金額が入っている。グローブのような手の先に四角く光る爪をうまく使い、その中から数枚の紙幣を引き出すと、残りを再び封筒へ差し込みかれの目の前へ押し戻してきた。女は檻にいる小さな黒い仔犬をかわいそうだ、と深刻な調子で言う。

「こんな所じゃ、ね。せめていいところにね……」

藁たばのような髪を小指でかきあげながら吹き出物だらけの顔をゆがませ声をつまらせる。数枚のタオルでくるまれたひどく小さく見える赤ん坊は部屋の隅で泣き続け、積み上げられた檻に閉じ込められている無数の仔犬は鳴き続け、女も薄い涙をこぼし続ける。男はよくわからないまま赤い部屋で連綿と続く何かの連鎖を睨み付けていた。

急に、悲しみを出し尽くしたのか女が勢いよく鼻をすすりあげそれなり泣くのをやめた。事務的な口調で、金は血統書申請ぶんとあといくらかの手数料だけでよいと宣言し一枚の紙をテーブルに延べる。

豪華な厚紙に金字の箔押しレタリングでしたためられた洒落た文字と唐草模様の縁取りがなされた証書にうっとりと見入っていると、女はわずかに残った矜持を守ろうとするかのように言い放った。

「血統書なんて申請するだけで買えんだよ」

うろたえ、卓上の麦茶へ指を伸ばそうとしたかれは動きをとめ自分の折りたたんだ膝へ目をやった。野暮ったいズボンに包まれた腿に厚みのある手が置かれている。手のひらの熱に、女の手首から先が溶けて脚じゅうに広がったのかと思う。

始終お互い目をそらしながら、無言の応酬のすえ男はぶよつく袋のような肉体へその痩せて小柄な身をうずめていた。芯に弾力のある多肉植物のような肢体にびっしりと生えそろう産毛と、底に過熟の果物の臭気を沈めた汗の霧がかれをもうろうとさせた。男に性体験がないのをすぐに察したのか丸い腹に深い縦じわをよらせている女は、全身の脂肪を波打たせながらかれを底までひきずりこむ。いつの間にか干上がった畳に背をこすられ、上から脂のまじったような汗と薄白い乳汁を浴びながら歯を食いしばり、なにもかも淩われないようこらえているうち、胸にものがなしさと怒りとが渦巻きはじめる。いくらか引き抜かれた金がかれの中でわだかまっていた。女と体を入れ替えるべく背中へまわした手の、指先にざらつく皮脂の粒が触れる。爪をたて、白分の体についた異物のようにそれをかきとると女はそれまでで一番派手な声をあげ、男をますますいたたまれない気持ちにさせた。

先ほど流されていた涙のように、女のなかで決着がつかない限り、それは終わらないようだった。

揺さぶられ続けながら定まらぬ頭でこのものがなしさと怒りをあらわせる言葉を探し続け、『屈辱』の一語を探し当てると、密着しながら自分を吸い尽くそうとする大きな体の肩口あたりを殴りつけた。とびずさった女は、全身を赤くしながら拒絶を示すかれをしばらく眺めていたが、小さく笑い声をもらすと襖をあけ、隣室へゆっくり入っていった。部屋の隅へ乱雑に積まれた布地の上に、ゴム製の塊のように置かれたままの赤ん坊の声は、いつしか弱々しくなっていた。

黒く丸い目の痩せた仔犬を血統書の代金とあと少しの手数料で購入した男は、女のアパートを出るころに降り始め、いまは大粒となった雨のなか腹へ小さな塊を抱え足早に進む。カゴを女の部屋に忘れたことに気づいたが、ふり返らず晩夏の雨にうたれながら家路を急いだ。

「ヤってやったんすよ。ナメられちゃダメだからね。血縁たって調べるのはむつかしいんじゃないかな、だって血統書なんて金で買えるんだ。あのときの赤ん坊の泣き声が頭んなかでしばらくワンワン鳴りつづけて。鶏の肢みたいな細っこい腕がタオルからこう、突き出てゆらゆらしてたよ。ちょっとずつ声が弱くなっていちど完全に止まったけど、おれが靴を履いてるときにまたものすごい声で泣きだしたんだ。ウワアッ、ウワアッてね。あれは泣き声っていうより叫び声だったよ。あの子はダメだったろうな……」

それきりかれが黙ったので、わたしたちはしばらく地底から湧くような赤ん坊の泣き声のまぼろしに耳をすませた。

「山でも聞いたよ、あの声」

かれは唐突に口をきった。それから、地図にも載っていなかった荒廃した山林の奥に巨石の平たく積みあがるガレ山に隠された侵入口をみつけ、そこへグレイスとともに踏み入った経緯をぽつぽつと話しだした。

かれの語り口は物語ることに不慣れであるがため、まるで土着の伝承を思わせる豊かさがあった。わたしは博物館で見た、アボリジニがわずかな暮らしの道具を持ち運ぶために編むという一抱えほどのひょうたん型のカゴを思い浮かべた。丹精されたかれのカゴの中に、その深山、岩と礫と粘土、その上に溶岩林、針葉広葉とりまぜた大木を戴き、とりどりの草花を密生させ、急流と瀑布、巨石の盤《さら》を積む地すべりの谷、切り立つ崖を裾野にもつ広大な大地の隆起と一頭の犬がすっかり満ちているように思えた。

2

北関東から北陸へ続く山並みのうちの一座、ススキがまばらに生えるガレ山の頂ちかくで起こった風は、くぼみに吹きだまる小さな渦や斜面をうすく覆う重く冷えた空気の層を巻き込みながらまたたく間にふくれ上がると、木々の幹をわたり、重なりあう葉のおもてを撫で、草を薙いで急な勾配を谷底まで一息に駆け降りていった。

渓谷へ至る山肌の、地層もあらわな平たい土壁、あるいは巨石に深く穿たれた溝、あらしに洗われ丸みをおびたふくらみへこみを吹き渡り、高く低く鳴ってゆく。水より速く川面をすべり落ちていった長い風の尾は山を抱きこむように広い裾野をめぐり、岩の積み重なる平地に至って小さな塊にわかれ、ゆっくりとあたりの空気へまぎれていった。

溶岩林は土に乏しく、ひと抱えもある石の上をカラマツの朽ち葉が浅くおおっている。ともすれば滑り落ちそうになる急な斜面を、ときに苔に足をとられ、あるいは握りこんだシダの意外な脆さに支えを失ってふらつきながら、男と犬は少しずつ登っていた。

朝方になってようやく明るみだした曇天を透かし、わずかに漏れ落ちる弱い陽を受けたチェーンチョーカーを鈍く光らせながらグレイスがかれに従っている。足元の岩の安定性を確認しながら進むかれをやすやすと追い抜けるはずでありながら奥ゆかしく遅れるその犬の、まつげにおおわれた優しい目をたびたび見返り、微笑み頷いてやった。グッド、ガール。いいこだ。

背負った猟銃を抱えなおし、薄くにじみ始めた汗を拭う。砂利の堆積を支えるようにツタが縦横にからまり頑強な張り出しとなっている「屋根」をはるかに見上げ、切り立ちに張りつきよじのぼっていると早朝の薄もやを縫って鳥の声がゆき交いはじめた。

ねずみ返しになっている石組みの張り出しに至り、ところどころ突き出ている灌木の根を手がかりとしてその反った背へとしがみつく。熱い塊の息を吐き出しながら石の大波を抱きしめ少しずつ進む。足首をきつく締め上げる登山靴の底は固く、踏みしだいたつぶてが次々真下へ転げ落ちてゆく。

「屋根」を乗り越えたその眼前に、巨岩の群れが積み重なっていた。果ての見えないその頂に、トビが一羽、円を描いてゆったりと舞う。スギナばかりが貧しく繁る岩盤へ近づき、なめらかな石の肌へ手を当てる。わきに控えた犬は赤い舌から熱をのがしながら飼い主の出方をうかがっている。

黒くすべすべした額を撫でてやりながら、この誰をも阻む岩塊の向こうで息づくたくさんのけものの気配を感じようとした。

猟区ではない。お膳立てされた自然ではない、誰も知らぬ原生林。かれはかがみこみ、窮屈な岩の隙間に体をねじ込む。ガイドブックにも載っていない深山への入口を、地形図や空撮映像をたよりに丹念に調べて発見したのは自分ひとり、この冒険も自分だけのものなのだ。

かすかに洩れ入る陽を追うように這いつくばって岩間を進んでいると、じょじょに空隙が狭くなり、ある箇所でとうとうゆきづまった。斜め上の切れ込みから風が来ている。風路があるならゆけそうだが、身幅を下回る隙間しかない。爪が硬い岩肌をこする音がし、足元から黒犬がついてきているのがわかり、先へと促すように体をひらいて犬をひっぱりあげた。

「行けるかやってみろ、グレイス」

彼女は使命感に燃え、石のはざまへ身をくねらせた。すこし余裕のある空間まであとずさり、隙間へのみこまれてゆく黒い毛並みに遅れまいと身を倍にも膨れ上がらせていたヤッケやあれこれの装備をその場へ脱ぎ捨てる。

小さな水筒や猟銃の弾などをあちこちのポケットに詰め込み肩にかけていたリュックサックも置きさるといっそう身軽になった。撃ったけものを持ち帰るつもりもない、あとでまたここへ荷物を回収しに来ればよい。

猟銃の負い革を引き、ひらべったく身をかがめながらどこへとも知れず続く岩の道をゆく。グレイスが戻ってこないということは先があるのだ。薄闇に、巨岩の組み合いをすりぬけた様々な形の光がこぼれおちている。今、石組みがわずかでも動けば永久にここから脱け出せなくなるだろう。自分の息の音を聞きながら小さくくすぶりだした不安をもみつぶすように自分の仕事のこと、そしてかれのために斥候を務める鮗のゆきとどいた犬についてとりとめもなく考える。

ガレ山の下、平たい石の積み重なりのあいだにわずかな隙間を認めては身をすべらせて半時ほども汗を噴出しながら進むと急に視界が開け、腰をかがめれば立てるような室《むろ》に出た。室は上へ向かって開かれており、そこからシデのとがった葉が赤や黄に色づき吹き込んでいる。互い違いにはみ出るたいらな岩を足がかりによじのぼっていけば、逆光にくっきりと縁取られた穴の向こうから、グレイスが顔をのぞかせている。男が「よくやった」と声をかけると得意そうに一声、吠え返した。

抜け出た先に佇んでみれば、思うより平凡な景色だった。手前も奥も、とりとめもない雑木に占められ、足元は白黒まだらの平地になっている。陽は高くなっており、はるか上で繁る落葉樹の葉陰にまぎれたきれぎれの光が軽いめまいをよんだ。

飼い主の命令を待っていたグレイスが、じれたように足踏みし後肢で落ち葉を跳ね上げる仕草をする。目をしばたたかせながら「いいよ、ワン、ツウ、ワン、ツウ」と声をかける。犬は股を広げるようにしゃがみこみ、号令に従って排尿する。その様子を見ながら下穿きの腿についたポケットから水筒を出そうとして数度大きく舌打ちした。ち、ち、ち、うまくねえなあ……いつのまにか開いていたジッパーからそれは失われている。来た道を引き返そうとしたが、失くしたものへの未練よりも、林の奥にまぎれている未知の景色や生きものの気配への好奇心がかれを前へおしやった。もう少しだけ奥を見てからいったん車に戻ろう。

疎林の向こうへ雑然と広がっていた木々のひしめきは、じっさい踏み込むと何者の侵入をも拒むように固く結束されたひとつの集団だった。靴底に触れるするどい竹の先端、その下のやわらかな笹葉の重なりは滑りやすく、岩石の間を這い回る太い根やツタに脚全体を搦めとられてしまう。

長く震えをひくトビの鳴き声、カラス、強者の声が静まると短く切れあげるような小鳥の声が互い違いに降り注ぐ。一足一足が泥から引き抜くような重さで、数メートルも進まずうめき声をあげる。はすかいに負った猟銃が硬い音をたてながら短く刈り込んだ頭のきわを擦る。

ねばっこい唾液をあちこちに吐きつけながら、水の音が聞こえないかと耳を澄ませたが山はじっと沈黙している。どこへ向かうのが正解か、見当もつかない。

笹にうずもれるように身を低くしてあとに従っていたグレイスがつと首を上げた。そのまま注意深く周囲の様子をうかがっていたが、急に向きを変え日の高くなっているほうへ、南へ、進みだす。男は左右によく振れる尾をたよりにそれを追う。大きく腕を伸べながら、垂れ下がり張り巡らされるツタ、ツルをよけ、あるいはひきちぎって緑の海を泳ぎつづけると行く手に家屋ほどもある苔むした岩が見えてきた。濃い草いきれに水のにおいが混じりはじめているのが分かった。猟銃を背負いなおし、大きく息を吸い込む。乾いた全身に細かい水の粒がしみ入っていくように感じる。急に草むらから躍り上がったグレイスが巨岩に抱きつくようにとびかかったかと思うと、ふだん手首あたりに心もとなくぶら下がっているだけの拇指を器用に岩肌にひっかけながらあっというまに石の頂へ登りつめた。

男はあっけにとられてそのさまを見守っていたが逆光にいよいよ黒い輪郭を、かざした手から透かし見「ウエイト、ウエイトだぞ」と鋭く呼びかけた。

犬のように岩へ登るのは困難なため、繁茂する植物と不安定な石ばかりの迂回路を選び、高みからじっとこちらを見つめる一対の目を感じながらその先にあるものへ迫ろうとする。

突如、なぜ今まで聴こえなかったのか、地響きを伴う水の音と、重さを含んだ冷たい風の塊が吹き上げてきた。思わず片腕で覆った顔を、そろそろとのぞかせると、眼下に白く泡立ちながらひどくゆっくりと落下し続ける幾すじもの流れが広がる。それらは一度岩から離れ中空へ飛び立つとねじれ、らせんを描きながら一本の巨大な水流となり、はるか下に渦巻く濃い水煙に消えていく。息もつかせぬ長大な滝、まばたきも許さぬあらしのような突風に男は大きく口を開け、おしよせる水の粒を肺腑へ吸い込んだ。いつのまにか足元によりそったグレイスがやわらかそうなシダの葉についた水滴を丁寧になめとっている。

水分を限界まで含みずっしりした空気を何度も大きく吸い込み足元へかがむと、友人と肩を組むようにチェーンごと犬の頸を腕で掻き抱き、垂れた耳の表面に熱っぽく語りかけた。

「ああ、ああすげえぞ。誰も知らない、おまえとおれだけのものすごい景色だ」

かれの興奮にあてられたのか、グレイスは口唇をゆるめ長い舌をあらわすと盛んに荒い息を吐き出した。

滝の手前に伸びている急流を目でたどると、はるかにかすむ対岸の山が灰緑にけぶっている。

こちらより低い峰は裾野から中腹にかけてまばらに紅葉しているが山頂には針葉樹とおぼしき濃い緑がかぶさっている。いちめん白い曇天が、背後に隠した日のあかるさを空全体にゆきわたらせている。風にもまれた厚みのある雲が日にさしかかれば山はすべて暗く沈み、過ぎれば明るみ、明暗はめまぐるしく変転した。

どれくらいの時間そうしていたのだろう。水しぶきでない、はるか上空から放たれてきた水滴に気づく。霧雨は見る間に粒を大きくして辺りの幅広な葉を打ちはじめたので、グレイスを伴いうっそうとした森へやむなく引き返すことにした。

シデやナラの葉はいくらか雨をさえぎっているが、薄手の合羽しか用意してこなかった男に、十月の雨は冷たく感じられた。困難な道を気ばかり焦りながら戻る。銃口から雨が入ってはいけないと肩から外し、厚手のベストの下へくるみこむように抱える。温かい体温に包まれてもそれになじまず、柔らかさを鋭く斥けるような猟銃の硬質な存在感がこの原生林での圧倒的優位を保証するようで、かれは早く何かを撃ちたいと考えた。

疎林に至るころには、粗い石ばかりの地面にわずかばかりある土がぬかるみ本格的な降りになってきた。あたりは撥ね上げられた泥のたてる土くれのにおいに満ち、雨の重みを受け垂れ下がった枝葉が上下に揺れている。うなだれてあとをついてくるグレイスはびっしりと銀の粒をまとっている。やわらかな棘をはりめぐらせた丈低いヒメコマツの点在する斜面にさしかかると、奥手に巨岩の積み重なりが見えてきた。最初の地点へもどったことで安堵し、足取りはいささかゆるむ。そのとき、ぴったりとよりそっていたグレイスが立ち止まり頸を伸ばして鼻先をあげた。

視線の方向をさぐると白っぽい何かが岩間でうごめいている。目をこらせば、一頭の小ぶりな鹿だ。三角の尾をこちらへ立て、上半身を向こう側へ倒すようにして何かに難渋している。口の中に苦い唾液がたまってくるのを感じながらそろそろと腹から猟銃を引き出す。足元のグレイスは口を軽くひらいて瞬きもせず凝視しており、それは犬が獲物を見つけてというより子どもが珍しいものを見つけたような顔つきだった。

かれらの目の前には今、プラスチック製の疑似餌と違って何が何でも手放せぬ命を抱えたのっぴきならない一個の生物がいる。

緩慢なしぐさでベストのポケットから、ケースに入った弾丸を取り出す。注意深く手順を思い出しながら小刻みに震える指で弾倉へ装塡すると硬く冷たかった猟銃はいよいよ強く引き締まり、力そのものが美しく凝ったように見えた。木製の台尻をかかげ、銃床を肩のまるみに押し付け狙いを定める。ふと鼻先を草いきれがかすめた。鹿が小さくみえる頭を軀体の横からこちらへ向ける。

轟音が森のきわまで跳ねわたりながら散っていった。白い体が僅かに傾《かし》ぎ、踏みとどまってしばらくじっとしていたがやがて四肢をばたつかせながら崩れ落ちる。

男は犬とともに呆然とその光景を見つめていた。自分のかたわらで起こった爆発、山じゅうをいんいんと鳴らし続けるような轟音と、かなたで横倒しになり今まさにもがき苦しんでいるけもののの間にはっきりした関係性など感じられず、それらの因果の糸はお互いの距離のなかでもつれ、こんがらがっていた。

先にわれにかえったのはグレイスの方だった。低く一声吠えるとかたわらの主人に顔を向け指示を要求するそぶりをみせる。火薬のにおいのたちこめる中、しいて威厳をとりもどしかすれ声で行け、と叫ぶ。「行け、ピック、アップ」身をひそめていた藪からひと跳びに抜け出した彼女は、体に付着していた笹の葉や引きちぎれた細いツルを振り落とし駆け去る。むずがゆいような興奮がようやく湧き上がって来、また同時に存外のあっけなさにかえって今までの疲労が押し寄せてきたようにも感じながら、磨耗した石肌で滑らぬようゆっくりと初めての獲物に近寄った。

もともと石間に前肢のひづめをとられていたらしい中型犬ほどの鹿は、わきばらに破裂したような黒い痕をもって、奇妙にねじれた肢を中心に無表情にもがいている。しきりとその毛を嗅ぎまわっているグレイスは、疑似餌ではないそれに対して、すべきことを見出せず歩き回っている。反芻獣の、発酵ガスを満たした大きな内臓は銃弾を貫通させず、腹中を跳ね裂かせてなおこれを殺すに至っていない。動くたびに破裂部は真っ黒な泡をあふれ出させ、しのつく雨はそれを薄めて、健康そうな茶の被毛の上に細く赤い流れを作っている。

鹿の頭を疑似餌のダミーと見立てることに決めたのか、グレイスがその小さな頭部を耳の付け根から顎にかけて大きく咥えこむ。仔犬を運ぶように優しい仕草で、まだかすかに下唇から歯並みをあらわして痙攣しているそれを飼い主に向けて差し出そうとしたその瞬間、けものは思わぬ反発力をみせていななき、体を一回転するほどねじった。

とたんに犬は口元から大きな歯をむきだし、開いた前肢をぐっと踏ん張ると威嚇のうなりをあげて鹿の細く白い頸に深く咬みつく。男はあとずさりこの光景を見ていた。結び目のあるロープのおもちゃをはみださせ遊んでいた口からは今、軟骨が砕けていく音がひびき、ねばりけのある液体が伝い落ちている。蒼ざめていく動物の舌からそれが死んだのだとはっきりわかった。上目遣いで飼い主を仰ぎ見た犬が、高ぶりを鎮めかねるように喉奥でうなり続けている。

タイムは何秒だ？

競技場のざわめき、感嘆と失望のため息、割り振られた番号を読み上げる場内アナウンスが耳によみがえり男は背筋を伸ばして犬へ呼びかける。

「グレイス、アウト」

彼女はすべきことを何もかも、従う喜びすら思い出して主人のため、即座に獲物から口を放した。死骸に興味を失い、尾をたたんで座りなおしたグレイスに、犬用の小さな菓子を与えると恭しくそれを食みはじめる。「グッド、グッド・ガール」一連の行動は芝居がかっていたが、彼らはその符丁をもってやすやすと日常へもどることができた。

靴先で死骸の腹を持ち上げてみると地面へねばるような独特の重みがある。ふくよかに潤んでいた眼球は濁った青色にぶよついて、全体にだらしなく弛緩している。泡を吹かなくなった傷口を靴底で何度か圧すと、内側から白く細長い虫が数匹滑り出てきた。宿主の死にとらわれたのか、それらも皆動かない。獲物の皮をはぎ、焚き火であぶってそのなかなか嚙み切れない赤く締まった肉を味わってみたいという思いはとうに失せていた。

死骸を置いたまま岩と岩の狭間へ向かおうとしたときだった。突然、グレイスが吠えながら円を描き走りはじめる。

土のにおいが強くなった。大粒だった雨は雲へ吸い込まれるように中空から消える。それは彼らより少し離れて起こった。あたりは静まり、小さな石が一つ、斜面を跳ね落ちてくる音だけがした。遅れて土くれがまばらに転がってゆく。先ほど自ら発した銃声が無数の振動となってここへ返ってきたと感じた瞬間、地上は大きくずれた。密生するヒバの根方が下へ下へにじりはじめ、幾本かが生々しい軋轢音を伴い鈍重な動きで倒れてゆく。山肌を成していた大量の土砂が重く粘りながらなだれ落ちるなか、一体の大岩が紡錘形を保ちながらさらにも斜面を深く穿ち、土煙をまとってゆっくり滑り落ちていく。中途で向きを変え先端を下に速度を増し、何もかも粉砕しつつ巌《いわお》の盤上に到ると、巨石の激しい衝突に地鳴りがとどろいた。

あたりは水煙と土煙が混じりあい濃いもやがたちこめている。残響が絶えていく中、山の頂から突風が吹き降ろす。水をふくんだ土煙は大きく渦巻き、やがて巌の屋根を越えてどこへともなく流れ去った。あとには緑の覆っていた斜面が赤茶けた断層にかたい砂利や砂を詰めた一枚の壁となってたち現れる。

全てが、あらゆる調和が一瞬にして逆転した。不動と感じた岩は斜面を転げ落ち、磐石に見えた地表は剝がれ、石を穿ち深く大地を摑んでいた百年の樹木は根こそぎ倒れた。深い暗闇にあった堆積が十月の午後の陽光にさらされ、日の下で豊饒だった地上の動植物が地の奥底へ沈んでいった。

抜け出て来た石の隙間はすっかり閉ざされていた。その一帯は新しい景色に塗りつぶされ上空を大きな鳥が一羽、ゆったり旋回する。

まさか、まさか。土砂崩れで、出口が……

「閉じ込められた？」

その一語が焦点をずらしたような意識のなかであいまいにたゆたっている。

南中を過ぎた穏やかな陽光を受け山の端の影が伸びる。やわらかな、重みのあるあならが朽ち葉を踏みしめながら近づいてくる音がかれの封じ込めた耳に届く。痛みだした頭をゆっくりもたげると、向こうに黒い毛並みが見えた。機嫌を読みかねるように距離をはかりうろうろしている。おいで、座れ。自然な声が出て驚いた。

「シットだ。伏せをして、待て」

命令に馴れた簡潔な口調が窒息しかけた肺に新鮮な空気を呼びもどした。

躾、と、調教、は根本から違うんだ
身を起こし握り締めたままだった猟銃を固く抱きなおすと、この山からの脱出口を見つけるまで生き延びればよいだけだ、としびれるように考えた。なに、裾野は広い。いくらでも道はある。

いまだ地すべりの余波で地上のすべてがゆるく動き続けているようだった。疎林と逆方向にあたる北を目指しわずかずつ傾斜しているその先へとわななく脚を動かし始める。裾野は広くとも頂上は狭いのが山だ、自分を捕らえ、出口を閉ざしたこの深山を高い所から観察し脱出口を探そう。

森へ踏み込んでゆくその前に、あらゆるものの転落していった斜面を見返った。帰る道をねじり潰した泥と大岩。白黒まだらの斜面はかつて同様の地すべりを繰り返したあとだったのだろうか。招き入れ閉じ込める、山の悪意を見た男のなかに冷水のような恐怖が満ちてくる。かれは強いて口を開き、ハッとせせら笑った。たかだか鹿一ぴきを殺したことの仕返しにしては、大げさじゃないか？　まあいい、どうせ有給休暇は明後日までとってあるんだ。ぐるっと山歩きでもしてやろう。

落葉を踏み分けゆるやかに登り続けるとひこばえが減り、はるか上に樹冠を頂く針葉樹の森が広がりはじめる。歩きやすくなったためかグレイスはいつもの散歩のときのようにおどけて駆け出し、跳ね戻っては男の足にまとわりつくように体をすりつける。しかし下腹に重い不安を染みつかせたかれは毛に覆われた体を膝がしらで邪険にわきへ押しやった。乾いた浅い土の開けた場所へ出たが胆汁色の小さな葉や笹がところどころ群生する以外なにもない。喉の渇きがひと足ごとにいや増してゆく。硬い皮の剝がれかけた樹幹にシノブが絡みつき、強く絞めあげているように見える。カラスの羽音だけがときおり降ってくるが、鳥たちもここでは静まりかえっている。

くつろげた胸元から衣料用洗剤の人工的なにおいが有機的な発酵臭と入り混じり立ちのぼってくる。嘔気と空腹、相反する感覚に気が遠くなりかけながら重い猟銃を庇い、内腿をすりあわせ歩く。ゆけどもゆけども景色は変わらず、夕暮れ迫る中、同じようにみえる樹がえんえんとたちあらわれる。残酷な繰り返し、それは休日ごとに出かけては癒しを与えられたかつての心地よい自然ではなかった。

工事を中断された市道の、立ち入り禁止のポールをどけて舗装された道路のきわまで運転してきた車に、あらゆる荷物を詰めたカバンを置いてきてしまった。石の隙間に抜けられる道があるか、確認してから戻ろうと思っていたのだ。一抱えの荷物を失えば、深山はもはやテーマパークでなく監獄だった。

ただし男は二つの味方を持っている。グレイスと、猟銃。若く従順な犬、手ずから躾を施した優秀な猟犬。弾丸は十ほどもある。この身を護りぬくにあたってこれ以上の武器があろうか。

薄暗い林の向こうに黒く横たわるものが見えてくる。巨大なけものに似たそれは杉の倒木だった。見上げると重なり合った濃紺の葉陰が一部分、すっきりと抜け紫の空がのぞく。細い光を通した林床には倒木を囲んでさまざまな草が生え競い、仄白いアンズタケやハラタケが笠を並べている。

樹幹の小さなくぼみに溜まった雨水に目をとめ、迷いなくそれへと顔を突っ込んだ。吸い込むように汚れの浮いた水を口へ招き入れたが、粘つく唾液がそれを押し戻そうとして咽《む》せかえる。かたわらへ膝をついて咳き込む横合いから身を乗り出すようにしてグレイスが水へと鼻面を近づけた。とっさに平手で垂れ下がった耳のあたりを撲りつける。「ウエイト、おれの水だ！」大きな体が傾ぎ、しかし踏みとどまった。白目をあらわしてきょろきょろとあたりをうかがい、結局飼い主の手が自分を打ったのだと納得したようすで後退しおとなしく伏せる。

かれはそちらに目もくれずくぼみの雨水を飲み干した。しばらくそこにしゃがみこんでいると体に取り込んだ冷たい水、日中に濡れた服、漂いだした夜気に激しい悪寒が襲ってきた。

喉頭に腫れぼったさをおぼえながら倒木に寄り添って体を丸め、グレイスを呼ぶ。足音をひそめるようにやってきた犬の体を抱きかかえ、密着しながらいつも嗅いでいたのと同じ、日に温められた被毛のにおいへと鼻先をうずめる。おれはどうなるんだろう。こんなところで誰にも知られずに……死ぬのか？　夜の静寂の底で熱をもった頭は絶えず低い話し声の幻聴を聞かせ、かれを眠らせない。

グレイスが倒木の向こうで背中を丸めているのが目に入った。後ろめたいような横目でこちらをちらちら見やりながら排便している。飼い主の指示なしに用を足すのは仔犬のとき以来で、躾を忘れることをおそれたかれは、とっさに怒鳴りつけた。

「だめだろ、悪い子だおまえは。ワン、ツウしてからだろう」

足をふみならし近づくとグレイスはたったと逃げ出す。少し距離をおいて悲しそうな、卑屈な眼でこちらを見るが寄ろうとすると同じ歩調で遠ざかる。

冷や汗の出るような悪心と心細さにかれはとりあえず唯一の仲間と和解することにした。「おいで」優しい声を出しながらポケットの中に数粒残っていた湿気た犬用の菓子を差し出す。おずおず近づいてきたグレイスに「お座り、待て」と命じその従順な口へ小さく割ったかけらを与えた。奥歯を鳴らして菓子を噛み砕くさまを眺めているうち、みぞおちに痛みを伴う空腹が襲ってくる。犬に背をむけ、手のひらに残ったいくつかのかけらを自分の口へおしこむ。魚くさい苦味をまとった塊が唾液の中で崩れてゆく。食料はほとんど無い。野宿の道具などまして用意していないのだ。どうあっても今日中には山を脱出しなくてはならない。

ひえびえとした空気をたたえる山頂に近づくと高木はいよいよ繁り、山のむこうはうかがい知れなかった。日の昇ってきた方角へ下っていくとヒバの合間にミズナラが生いはじめ、半日かけて日当たりのよい崖の端に出るころにはそこここにけもの道を刻んだ一面の広葉樹林に変わっている。

ツルや木の根を足がかりに、急斜面に腰掛けるように少しずつ下ってゆくと流れの早い瀬の、苔が張り付いた岩の上へおり立つ。青くうるおっているそれを指先で剝がしとり、口へ運ぶ。うまいもまずいもわからない、ただ湿気てやわらかなもので内臓を満たしたい。赤錆色の石のおもてにうつぶせ白黒縞の水面へ目をこらす。逆巻く水は目の前にあれど腕の倍も遠く、ひとすくいもできない。逆光に黒くゆがむ自分の顔を透かして水の中に背びれをひらめかせる小魚を熱心に眺め続ける。よく張った魚の肌を奥歯でぷつぷつ嚙み裂く想像を遠くなりそうな意識の中で何度も繰り返した。対岸は遠く、相対する山はナナカマドの葉と実で真っ赤に染まっている。出口でなくともせめてここではない山へ行きたい、急流に身を投げ向こうへ泳ぐという欲求を、この流れの先にあるはずの瀑布へのおそれでなんとかおさえこんだ。

流れがゆるやかで安定的に水を飲める場所を確保するため、急流に削られ水面へせり出すように傾いだ岩壁を、ほんのわずかずつ川伝いに進む。腕を伸ばし、石をつかみ、足を出し、土に突き刺し、あらゆる手がかり、足がかりへ意識を集中してゆく。グレイスは上の林に残っている。崖を下り始めたかれに、なぜそんなことをするのかと不思議そうな顔だけを向け、ついては来ずに、鼻先でそこらの浅い土を掘ると、すぐに小さくてらてら光る甲虫を探し当て嚙み潰した。

とうとう先がなくなった。前にも後ろにもゆけぬ焦りがすぐそこにある枯れ草を確かな手がかりと錯覚させた。落下した男は水にもまれあっという間に川底へ引き込まれる。渦巻く小石、枯れ葉、枝、自分が吐き出した泡、あらゆるものともみあいながら一瞬にして流されてゆく。ばたつき、くるしみもがきながら反面、何もかも放り出して脱力するような思いが青臭い水とともに内側へ流れ込んでくる。淵の岩に打たれ目をみひらいたかれの前を川底から巻き上げられた砂を避けた大きな魚が身をくねらせ、流されてゆく男と逆方向へ悠々と泳ぎ去る。

腿ほどもある、緑色で赤い線の入った大きな腹の前向きな力強さが、男の内部から脱力を押し出した。

防水のしっかりした登山靴は浮きのようになって体勢を立て直すことをはばむ。泡だつ川面に数度、空気を求めてから深く沈みこむ。みずから赴いてみればそこは静かな一帯だった。とめどない流れの中、その身を川岸近くの岩にうちつける。表向きに半回転した体が二度めの激突でさらに流れと逆に半回転する。次々と打たれる岩を選んでゆくうち、乱された水流がいつしか木っ端を運ぶようにかれを浅瀬へうちあげていた。

両手で泥だらけの石をつかみ、下半身をまだ流水へあずけたまま岸辺であおむく。水中のこもった音は地上にあって平べったい水音に変わった。頭上に突き出たエゴノキの黒い種をヤマガラがついばみ、卵形の葉がゆっくりと、回転しながら落ちてくる。

再び目を開いたときはすでに暮れ方だった。谷を包む左右の岩土の壁に挟まれた空が銅色に澄んでいる。

　かたわらでグレイスが河原の石を踏み水を飲んでいる。彼女は崖へ向き直りほとんど垂直にそそり立っている壁へと足をかけた。傾斜を横切るようにするするとのぼり、ある一定のところで折り返し再び横切る。四つ足の動物の自然さでグレイスは難なく頂上にいたった。かれは犬にならってそろそろと同じ道をたどる。

　のぼりつめた先に繁茂していたシダの上で自分の裡に、枯渇したものが再び満たされるのを待つように長い時間座り込む。しかし木の葉のざわめきを聞きながら辺りの何もかもがかれに対して無関心であり、衰えればすぐに命を呑みこもうと襲いかかってくると感じてよろめきながら立ち上がった。

　だいぶ流されたために上着と猟銃を置いた場所は高く、遠く、歩き始めれば一足ごとに体の芯を抜かれていく。ときに湿った落ち葉で足を滑らせ、あるいは細長い羽虫に眼を突かれ、生い茂る枝に頬を打たれながら進むうち下腹に、空の冷酷、森の嘲り、山の搾取に対する重い敵意が練られてくる。崖に乗り出すように傾いでいた目印のブナの影を木立の向こうに認めるころ森は、わずかな光で薄黄色くふちどられる他は藍色の一面となっていた。その根方に鈍く光る銃身を見たように思い、安堵からその場に倒れこむと昏倒した。

　しゃべりながら寝入ったのかふいに押し黙りまた口を開いてはうわ言のような言葉を継ぐ、といったことを繰り返していたかれが突然、ウワワワ、と叫んだのでわたしは男の名を呼び犬舎の照明を明るくした。まばたきを繰り返しながらかたわらのグレイスへ目をやったかれは、その腕に繋がっている赤い管をたどって犬の血が満たされたパックを日差しのように目をすがめて見上げた。

　わたしは動物にそうするように「大丈夫、もうここは安全ですよ。なにも心配しなくていい」と低い声、一定の調子で呼びかける。遭難でずいぶん恐ろしい思いをしたのだろう。かれはしかし意外にも明晰な、明るさを含んだようにも聞こえる声をだした。

「おれは叫んでたんだね、はっきり目覚めながらね。ここは山じゃない、それはよくわかってるよ。おれはもうほとんど犬だ。それがダメなわけじゃない、おれがどういうたぐいの犬なのかが問題なんだ。なあオリーブ先生、グレイスはやっぱり死ぬしかないのか？　だとしたらあの画家はたいしたやつだよ……」


　貧血の原因をさぐるために行った何度めかの超音波検査によって、グレイスの脾臓に塊《マス》が見つかった。直腸のガスにかぶり、また脾頭の裏あたりにあったので今まで気づかなかったのだ。わたしも代診のドクターもこの発見をむしろ喜んだ。もし血管肉腫だとしたら予後は悪い。三か月ももたないかもしれない。それでも患畜の、理由のわからない進行性の衰弱に途方に暮れていたわたしたちにとって、このヒントは迷宮から抜け出す地図とも思えた。

　すぐに滅菌器具が用意され、転移の有無を調べる検査が組まれて摘出手術の準備が整う。しばらくかける気にならなかったベートーベンのピアノソナタを、短調ばかり立て続けに大音量で流しながら熱凝固装置のデバイスを機械台に並べ、不具合がないか確認する。「院長、久しぶりにご機嫌だね」という看護師たちの会話を遠く聞きながら。

音大の声楽科を出た、よく通る声の受付係が手術室に顔をのぞかせ、院長はテンションをアゲるために音楽をかけているのにどうしてワーグナーとかモーツァルトを選ばないのかとたずねてきた。

「とことん、暗くだよ。悲愴に悲愴を重ねたはてに人間の勝利がある、ブラームスなんかもいいけど運命に打ち勝つには弱いかな。まだ若いあなたにはわからないかねえ」

受付係は「そんなものでしょうか」と苦笑しCDの音源を無視してパパゲーノのアリアを高い声で口ずさみながら放置されていたカルテを回収すると手術室を出ていく。


ここ一か月で治療費の請求額は百万に迫ろうとしていた。さらなる出費を要求するのは心苦しかったが、脾臓摘出手術の話をすれば、男は面談室に置かれた蘭の鉢を、そこに植わった花でなく水苔を凝視するようにしながら従順にうなずいた。

かれはクリニックにほど近い、同じ規格で建てられたファミリー向け戸建ての立ち並ぶ、そのなかの一軒にひとりで住んでいる。初診時にカルテを記入していたかれが戸建ての番地を書いたので、受付係が部屋番号も記入するよう促すと「オヤの、てか、祖父の、ま、おれの家すから」とぶっきらぼうに言ったそうだ。「慰謝料？　手切れ金？　まあともかくそんなもので」と本人も首をかしげるような様子で付け加えたという。

治療費はいつも現金払いで、やけにしわくちゃな紙幣を黒い手提げポーチから引っ張り出した。千円の請求でも、三十五万でも同じようにそこからつかみだし、キャッシュトレイへぱらぱらと置く。親譲りの戸建てを持ち、車や衣服にもこだわりがなく、初めて狩猟をやってみようと思い立った以外に趣味も無い、勤勉なかれは同世代に比べて比較的、生活に余裕があるようだった。

オペ前の最後の面会を終え、かれはこれから県外の競走馬トレーニングセンターへゆくから術後の連絡はいらない、と言った。「いちど、電話を入れるんでよろしくお願いします」

幼くみえる大きな学生カバンのような荷物を肩からはすかいにかけ、軽く握った手を丸めた背のまえにたらすように立ち少し考えこむようだった男は、「死んだら」と平坦な声で続ける。

死んだら、とった臓器をいったん腹へもどしといてもらえませんか。だいたい、でいいです。あちこち綿とかもつめなくていいです。首の、襟巻きみたいのと腕の包帯も外してあの運動場にでも置いといてください、とりにくるから。

わたしは初めて、いたたまれないほどの不安を感じた。三十年以上、臨床をやってきた中で手術に失敗したことはある、症例の命を縮めてしまったと思える治療もあった。だが処置前からこんな思いにとらわれることはかつて無かった。手技や麻酔で殺すかもしれない、という恐れではない、成功の先に何が現れるのかわからないのだ……

目を閉じて拳を強く握り、折り曲げた指の節で自分のこめかみを小さく叩く。こんな考えでは「病」をねじ伏せることなどできないだろう！

「手術は成功させてみせる、グレイスは元に戻る、それでいいでしょう？　何だって後ろ向きなことばかり言うんですか。あなた、どうして欲しいの」

かれはちょっと肩をすくめ、はあ、というような声をだす。

「おれね、あの山で鹿んときともう一回だけ、殺すのに銃をつかったんすよね。鳩、首周りがみどりやむらさきに光っているみたいな、普通の鳩だよ。ムカついて撃った、喰えるとこは無かった。山ってなぜか生き物の死骸が無いんだよ。なのにアレはずっとあった。だんだん臭くなって、我慢できないくらいになって、そのあたりだけ黒いあなぼこになった」

かれは思い出しているというより、いま経験しているように鼻の上にしわをよせ、足ふきマットをその穴であるかのごとく睨みつけている。

わたしはかれが自分とまったく違う深度の話をしていると感じ、同時に黒犬の抱えている病の深度もまた、内臓を取る、取らぬの地平と異なった層にあるのではないかという疑いがわき、戸惑った。

「ちょっと、よくわからないんですが、鳩？のはなしとグレイスの病状と、わたしにはよくつながらない、もう少し順序だてて説明してもらえませんか？」

かれはいつものように顎をやけに引いてだまりこみ、疲労した様子で小さく呻吟すると膝を割り開くようにしてその場にしゃがみこむ。背側へおしやられていたカバンが両膝のあいだへすべり落ち、首から大きなプラカードのようにも不格好に垂れさがった。

こちらがあわてて勧めた小椅子を横目で見やり、幼く目をこすると体を縮め控えめに座面に尻を置く。わたしはドクターズチェアを引き寄せ深く腰をおろした。

「鳩、鳩か。しじゅうククク、ククク言ってる明るくって元気なあの鳥……」

3

深山で意識を失っていた男は大きく空気をたたく音で目を覚ました。樫の白い葉裏を並べたその向こうに灰色の飛行物をみとめ跳ね起きる。といっても実際はシダの上に膝をついて上半身をおこしただけだった。「おおい、おおい」しわがれた声がしそれは自分が苦労して放ったものと思えないほど頼りなかった。爆音を発するほどには速くも大きくもないそのプロペラ機は川向こうの山あいからこちらへ向かって近づいている。もつれる脚で木の元に置いていた猟銃をもとめ走った。ブナの幹にたてかけてあったそれを手にとり、何度も取り落としながらその中へ銃弾をこめるころには、機体はほぼ頭上あたりへ迫っていた。軍用機とおぼしきそれへ向け、狙いを定め引き金をひく。衝撃でかれは後ろへ転がった。こだまを返しながら広がった銃声に、鳥の群れがいっせいに飛び立つ。発射の反動にそのつどよろめき押し倒されながらも空へ向け、救援を求めて撃ち続けたが、赤い線をひいた無機質な金属の胴をさらしそれは山向こうへ飛び去っていった。

静けさがもどっても唇をかたく結んだまま残った数発の銃弾をにぎりしめしばらくじっとたたずんでいた。そのまま、もう一発をこめなおすと荒々しいしぐさであてもなく狙いを定める。失望というより、辱められた思いではちきれそうだった。視界の端に動くものをみとめ、戦争映画で見た兵士を真似、体ごとそちらへすばやく向き直る。一羽の鳩が青光りする頸を前後させ時おり落ち葉にくちばしをつつき入れながら歩きまわっている。

土が散り、羽毛が舞って鳩は吹き飛ばされる。引き金を絞っても今回は銃口を上へ向けていなかったせいかよろめくだけで踏みとどまった。片方の羽根で懸命に地面を掻きながらどこかへ逃れようとするその小さな灰色の体に向け、ふたたび銃弾を撃ちこむ。横合いから駆け寄ったグレイスが無駄のない動きでそれをくわえると、四肢をゆるくたわめたような姿勢でかれを見返った。そばに歩いてきた男を油断ない眼つきで仰ぐ。しかしアウト、という声にしばらく動きを止めた犬は穏やかな顔つきになり顎をゆるめた。

その場へあぐらをかくとまだぬくみの残る鳥の大きな胸筋を指先で引き裂こうと力を込めたが柔軟なそれは羽毛をわずかばかり散らしただけでびくともしない。両側の風切りをわしづかみし、膝頭で胴をおさえながら左右へめりめりと引っぱると、撃たれぐらついていた片羽根がひきちぎれる。肉の薄いそこは苦心しても食べられる部分がなかった。毟られた羽毛の下の、分厚い皮に守られた肉へ直接歯をあててみてもそもそも男の爪や歯は掌以上の大きさの獣を食べるようにしつらえられていない。うなり声をあげながら転がっていた石をもってその腹を裂こうとしたが、力なく揺れている小さな頭にくらべ卵を抱くその腹はつよい反発力をもって固いそれを斥けた。いまや空腹は感じず、内臓からの激しい要求の痛みがあるだけだった。形もないほど潰れた鳩を急に放り出すと、しみだらけで皺のよったズボンを下ろしその場へしゃがみこむ。グレイスが投げ出されたものへ駆け寄ったが少し嗅いだだけで触れはしなかった。

しゃがみこんだかれは大量の茶色い尿を放つ。それから激しい吐き下しが始まった。手当たりしだいに口にしたキノコが毒を持っていたのか、あるいは苦味をこらえて飲み下したクヌギの実か、ただ飢餓の恐怖で口にした苔や藻にあたったのか、体にも頭にもわからない。茶褐色の尿は妙に甘いにおいを放ち、かれを混乱させる。唯一の所有物たる肉体すら、まったく得体のしれないものになり、気味悪さに自分の吐瀉物から逃れようと四つんばいに駆け始める。しかし猟銃への未練から、貴重な腕の一つでその銃身を抱え込んだ。

不器用に銃を抱えながら当てもなくうろつくその横をかすめて黒い塊が一気に前へと躍り出る。チェーンを鳴らし、ぐっと痩せて胸の厚みの半分も無い腹をふいごのように動かし悠々と駆け去ろうとしたグレイスは、一瞬、足並みをゆるめ見返る。そこにある力強い姿を追い何度も倒れながら深山のさらに奥へと踏み入ってゆく。

ミズナラの巨木はまばらに立ち枯れ、根元に大きなうろを作っていた。暗い穴の中へ入っていった犬に続き、湿ったそこに身を屈め膝をついてにじり入る。銃を立て、全身ですがりつくように体重をあずけ、背中からなだれかかってくる恐怖の重みをこらえた。夜が訪れようとしており、いよいよ暗さを増してきた森のなか、口を大きく開けて荒い呼吸をくりかえす。しかし楢葉の間からうす黄色い月光がおぼろに射し込んでくるといつしかそれはおだやかなものに変わった。

白い蛾が羽根を広げたままうろのきわにとまり、かれはほとんど無意識にそろそろと手を伸ばしてそれを摑み取る。握りこんだ手の中で頼りなくうごめく小さな体を感じながらしばらくそれがとまっていた樹のふちへ目を凝らしていた。月影がだいぶ位置を変えたころ、手の中が静まる。

体はすべきこと、その順番を無意識的に心得ていた。やさしく囲い続けていた手を開き、動かない蛾を口に入れる。口に並んだ臼歯は丁寧にそれをすりつぶし、手のひらはその間にも舞い入ってきた大きな眼球のようなもようを持った蛾をつかんだ。

深山で男は常に凍え、飢え、痣や傷をこしらえていた。かれは森においていっとう大きな生き物だが、もっとも貧しい。昼間は強者の時間だった。日の高い間をたいがいミズナラの湿ったうろで過ごし、木立ちの影が長く伸びるころ負い革を引き、身を縮め這い出てくる。体をたわめ続けたためにあちこちが痛み、たびたび手の甲を地面へつけて四つん這いで歩く。指を内側へ折り曲げ極力手の甲や手首を使うのは細かな作業のできる指先をまもるためだった。大きな石をみつけると持ち上げその下でわだかまっている柔らかな幼虫や虫の卵を土ごと口へ入れた。かれは歩くこと、嚙み潰すことに熱心になった。それをおろそかにすると手痛い報いがすぐにやってくる。まれに鹿を見かけたが、現実的な食料ではなかった。猟銃が活躍することもなかった。朽ち木の幹をわずかずつ裂けば大きな幼虫やカミキリムシが潜んでいることもあり、黙々とそれを食べ続けた。

満ちみちた体で活発に動き回る動物、根を張り日を求め自らの領分を稼ぐつよい植物、生命みなぎるかれらを小さな歯や消化液をもって餌に変え、身に育て上げることは簡単でない。食べることは強烈な格闘だった。たびたび吐きもどし、下し、そうするうち少しずつ脳と内臓はその選別に慣れていく。

日の降り注ぐわずかな平地、川へと下る急勾配の一部が棚のように固められた灌木と野草のひしめく高台で黄色く熟したエノキの実を摘み取る。命がしのぎを削るこの山で、果実はかれに優しい。茶色くすすけた指で丹念に実をよりわける。

この木をみつけたはじめこそ、まだ硬く小さな果実、熟した実をともども引きちぎり口へつめこんでいたがそれはすぐうまくゆかなくなった。かれを養うものには限りがあり、採る量も、時も、外すことができないとわかってきた。はしばみ色のジョウビタキを追って迷い込んだここで、実をついばむ鳥たちのふるまいを真似ればおのずとすべきことがわかってきた。黒い頭のヤマガラはグミの木を知り、うす緑のメジロはソヨゴの果熟に通じる。地ねずみは卵をためた昆虫の巣を忘れずリスは今日実を弾くクヌギの木の枝で待った。男は気配を殺し、息をひそめて彼らのようすをうかがう。

しかしそれだけで到底おおきな肉体を養うことはできない。猟銃と、二発残った弾丸はいまだ役目をみなかった。森の奥深くまで踏み入り、たびたび小動物を咥えてくるやせ細った黒犬が必要だった。


グレイスは昼間にうろからでてゆくとカエル、地ねずみ、ときにもぐらやリスをうまくつかまえてきた。「グッド、ガール、よし、アウト」骨の上に皮膚が張ったようなグレイスは、彼女のするどい犬歯で咬み裂いた肉をかれが貪り食うのを、命じられた姿勢のまま涎を流しじっと見る。そして、ようやく与えられた骨にわずかばかり残った肉を骨片とともに丁寧に食べつくした。

風の強い早朝や霧雨が降る薄暮、銃をかまえ、あたりを窺いながらいまだおぼろな山の全貌を知り、出口を見つけるために歩き始める。市道との行き来を断たれた岩組みの方角を西、疎林を抜けた大滝を南、隣山に面する渓谷は東とあたりをつけ何度も足を運ぶうち、そこに脱け出るみこみは無いとわかった。

目のくらむような高さ、先を固く阻む岩の壁、高木の密生とそこに張り巡らされる植物の網に行く手を遮られるたびうめき声をあげ、両こぶしで目を覆う。どんなにかたく握っても、かれの手はあまりにもやわらかく小さい。針葉樹の繁る急勾配で山頂のガレ場に続く北側の深部にはより深くけわしい林床が続いている。

何度かその先を目指そうとしたが、結局引き返した。もしそこに外界との完全な断絶を発見したなら……喉奥から耳のつけねまで締め上げられるようなおそれを実際の痛みとして感じながら思う。自分はあの水の砕ける滝つぼへ、大岩の詰まった絶壁の底へ、頭から飛び込んでゆくに違いない。

グレイスの頸に下げられたチェーンは動くたび金属の音を響かせ、たびたび狩りを失敗させるのでかれはある日それを黒犬の頭から抜いた。霧のたちこめる朝だった。

しばらくうなだれ鼻を鳴らして心もとなさそうにそのあたりをうろついていたが、朝露を払おうと全身をふるわせた瞬間、自分の体の一部としていた金属片がもうどこにも無いことに気づいたようだった。

犬は舌を出し荒い息を吐きながら落ち葉を跳ね散らして周辺の土を掘り、くぼんだ穴で転げまわる。とび起き、土と毛と皮脂のにおいをたてながら霧を裂き駆け出す。首を振りたて、野生馬のように。密度濃い霧は黒いけものを包み、その体にそって流れ、複雑に渦巻きながら再びひとつになってゆく。うろこ状の葉やツル、土と一体になった苔がその体に追いすがり、絡みつき、また一足ごとに剝がれ落ちては地面に残される。かれはときに見失いながらそのあとをよろめき追った。

犬は疎林を抜け、大瀑布に至ろうとしている。黒い塊がそのまま長く白いらせんのなかへ身を躍らせる光景を幻視したかれが慌てて、ストップ、カム、カムと叫ぼうとしたのと、犬が苔むす巨岩に組み付いたのは同時だった。

痩せた体にもはや余剰はいっさい無い。つやつやしていた被毛は水気がなくしぼみ、尾や下肢の飾り毛を失っている。しかしそのあらわになった骨格の上に、肩、背、腿の筋はむしろ以前よりも鋭くみなぎり、沸きたつ。かたい腕と柔軟な背のちからで巨岩の頂にのぼりつめた姿が晴れはじめた霧のなか、東の山間から射し込む白い閃光のような朝日にくっきりとあらわれた。

犬は頸をのばすと、眼下に広がるもろもろに向け、数度激しく吠え立て、長くあとをひくように喉を震わせ遠吠えした。山麓のはるか彼方へ伸びていったその声は一度岩石土の奥深くまで沈みこんだのか、ずいぶんたってからこだまを返してきたので、男には犬の祖霊が彼女に応じたかのように感じられた。

「アウト、グレイス」

ガラス質の固い陽が射すある午後、七色に光る大きなトカゲを犬が持ってきた。いつものようにひびわれた声で命じたが、くろぐろとした目がえものを牙に挟みこんだままじっと地面へ向けられていることに苛立つ。一歩、近づくと皮の垂れた頸から低いうなり声が響いてきた。自分の言葉が意味をなさないことに混乱し、命令を間違えたのかもしれないと考えてもういちど、裏返るほど声をはりあげて叫んだ。

「アウト。離せ、それを寄越せよ」

恫喝に、上目遣いの犬は一瞬静まったが今度はいよいよ大きく、一番奥の歯の歯肉までさらして濁った威嚇を発した。

あってはならない抵抗だった。靴ひもを失い型崩れ著しいトレッキングシューズのつま先をつかみ、ひっかけていただけのそれを足から引き抜く。振り上げても退く気配を見せなかった犬だが、頬骨へ打ちつけられた硬い靴底に高い声で鳴き、再び振り下ろされるそれにたまらずえものを放すととびずさる。それはたんに、繰り返される痛みから逃れるためだった。

「シット、座れ。おれの言うことをきけ、そう、伏せだ」

犬は一定の距離をおいて伏せ、男がトカゲの白い肉へかぶりつくのを見る。しばらくして、よじれ、もはや七色でなくくすんだ緑色になった皮と硬い頭、爪の生えた足先だけになった死骸を目の前に放られた犬はそれを一顧だにせずゆっくり立ち上がり、尾を水平に伸ばしながら林へと歩き去った。

夜、うろの中へ黒く冷たい霧が這い入り、四肢の先を押しつぶす。不安は足先から、恐怖は背中からやってくる。尖った引き金に指の腹を当てながらもその小さな感触は心もとなく、いっときも穏やかな眠りを与えない。新月の闇は深く、天地はおろか、まぶたを閉じているのか開いているのかすらわからない。無色と無音が真空となって男の内部からあらゆる生き生きしたものを引きずり出そうとする。何度も手を伸ばしてはかたわらで伏せる犬に触れ、いつものように懸命に語りかけようとした。

「なあ、覚えてるか？　二年前だったかなあれは」

犬のみじろぎする音がし、それは語りかけられた言葉と何のかかわりも持たない気配だった。かれは急に正気へ返ったかのように、犬は人の言葉を解さないと強く思った。なかば呆然として空しく言葉を途切らせた男を残し犬がうろを出て行く。

樹木の根方に体を落ち着ける音が聞こえて来、あたりは再び静けさにつつまれる。信じがたい思いでしばらくうろのふちを凝視していたがやがて手をつき、うろの中から少しずつ上半身だけをのぞかせ体温と呼吸の気配を頼って暗がりへ目をこらす。羽虫の白くおぼろな影が薄い残光をひいて飛び交うその向こうに、一対の緑がある。

僅かな光を集めて向けられているそれはかつて経験したことのない視線だった。見返すことのままならない不気味な視線。優しく表情豊かだった以前のまなざしは錯覚だったのか、あるいはかれの世界で生きるための借り物だったのだろうか。緑の光は注がれ続け、犬の中に取り込まれた自分の姿がその肉体へ畳み込まれてゆくような心もとなさを感じ、目を伏せ息すらひそませてうろの中へ引っ込んだ。

断絶は山のきわにではなく、もっとも身近だった犬との間にあった。閉ざされた脱出口を前にした時よりもはるかに強い苦痛に、男は一晩中身もだえつづけた。

明け方、空いちめん白い雲が垂れこめている暗い朝、山を吹き払う風がたちはじめる。あらゆるものがあらしの中でもまれ、巻き上がり、うねりながら降下しては地上を吹き流れていく。うろの内側を渡ってきた風が樹幹を響かせる音を聴き、かたく強張った体を起こすと転げないように気を配りながらねぐらを這い出る。犬はとうに起きだしていた。あらしそのものが広大な生き物のように縦横に山をあそび、その中にいま、他の動物たちの姿は無い。しかし犬は遡上する魚のように柔軟なねばり強さで吹き来る塊へ向かい進んでいる。そのあとを、小さく身をかがめボロをまとってひっそりと気配を殺しながら続く。犬が狩りをしたなら、えものを横取りしてやろうという魂胆があった。昨日の一件について情緒的な動揺が薄れると同時に、かれのなかに具体的な心配事が起こってきた。言葉という了解を失って、堅牢と信じていた枠組みを無くしこれからどうやって犬を使い、あらゆるものを手に入れればよいのだろう。足音を消し、気配を薄め、えものを強奪して命をつなぐしかないのだろうか。猟銃を杖のようにつき足をもつれさせ息をきらしつつ犬の後ろに従っていく。その迷い無い足取りに単純に引き寄せられもしながら、奇妙な前向きさをもって。

犬は四つ足を互い違いに進めながら一定の足取りで男が見たこともなかった深山の奥深くへ向かう。以前頂上をめざした針葉樹の森を抜け倒木を乗り越え、はり巡らされるキヨタキシダや棘のような葉をもつイチイ、笹が群生する乾いた林床を突風と急斜面に逆らい地面にひざまずくように進む。渦巻きながら押し寄せる枯れた笹の葉から顔をかばい、時おり見失いそうになる黒い姿だけをたよりにざわめく林を抜けると、あらしは突然あたたかさを含んだ追い風に変わり、男は背中を押され軽く浮くように開けた場所へ出た。風の尾が細まり、やわらぎ、ある瞬間に掻き消える。

下生えのほとんど見られない固く締まった土に、巨木が見渡す限りそびえている。うす曇りだった空からの光を遮るコメツガの、複雑に曲がりくねった枝にびっしりと繁る葉、しかし幹はしわを刻みところどころ剝がれてそれが枯死寸前の老木であることが知れた。地面から浮いたトウヒの根は苔に覆われながら土を求めて這い回る。積雪の重みで押しつぶされ、幹を大きくたわめたブナの大木が、地面から身をもたげ、再びおしこめられ、雪解けとともにまた日を求めて立ち上がっていった、数百年の格闘をその異形にあらわしていた。

鳥は無く、光は届かず、土は貧しいこの森で、老木たちは音の無い断末魔の声をあげながらおも命を争っている。かれは身震いした。何かに額ずきたい思いがこみあげた。

いつの間にか一本の倒木に近づいた犬が樹幹と土の間に頭を突っ込んでいる。左右に首をかしげ、狭い隙間から引き出したのは半分ほどに嚙みちぎった鹿の仔、産み落とされたばかりのような脚ばかり目立つこどもだった。まだみずみずしい断面をさらしている腹、そこからやわらかく充実した内臓がうす青い皮膜を透かしこぼれんばかりに垂れ下がっている。言葉ともうめきともつかぬ音を喉から発し、かれはえものに駆け寄ろうとした。一声、きびしい牽制の唸りをあげた犬は、跳ねあがって真っ向から組み付く。仰向けに勢いよくたおされ、大きな爪をもった前肢で両肩を押さえつけられ脚をばたつかせると、白く大きな牙が喉に押しあてられた。それはとどめをさす一撃でなく充分手加減されており、しかし畏れを抱かせるに足るつよさがあった。引き締められた肉が張りつめる黒い体を何とか押しのけ、肘で這い逃れようとしたが一跳びに背中へのしかかってきた犬は激しく吠えたてながらその首筋に咬みついた。

男が動かなくなったのをみとめた犬は地面へ飛び降りると食べかけの鹿の方へゆっくり戻り食事を再開する。堅い牙によって砕けるえものの骨の音を聞きながら男は屈辱に身を起こせない。横たわったまま頭の横に転がっていた石を握り締め、あたりの岩石土へと何度も打ちつける。崩れた言葉の枠組みに、屈辱という言葉はしかし最後までこびりついていた。それが暴力の記憶を呼び覚まし、愚かしい無表情となってゆく馬のまぼろしがあらわれる。

躾と調教
躾と調教
躾と調教

かれの育てた競走馬、結果を出せなければ牧場や乗馬クラブで客を乗せ、いずれは缶詰め肉となってゆく調教馬。男は自分の仕上げた馬が素人を乗せて歩くことを気が狂わんばかりに腹立たしく思った。潔く肉になるならまだしも、らんらんと速度への闘志だけをたぎらせていた火のように単純で美しい馬が。素人を乗せた海岸のトレッキングで、海にも波にも目もくれず黄色く濁った目で半歩先の砂だけを見つめているなんて。

のぼせるように思いつめる。あらゆる考えが、その行き道も帰り道も失って立ち往生している。

火にあぶられたかのように身をよじり上半身を起こすと、膝立ちになってかたわらの猟銃をとりあげる。丁寧に弾をこめ直している最中も、犬は骨や関節に適した位置へと顔をかたむけながら肉を食べ続けている。弾丸はふたつ、残っている。これらを正しく分配するにはどうするべきだろう。

躾の壊れた犬と走らなくなった調教馬へ一発ずつ。それは有害なもの、無益なものを殺滅するために与えられた銃の本懐というものではないか。または犬と自分自身へ。屈辱を与えたものも与えられたものもいずれ、この銃弾で斃れる以外の道はない。銃があるのだ、何かを殺さねばならない、正しく殺さねば。馬か、犬か、自分自身か。

いったいなにが本当のことなのか

鋼鉄でできた拳のような暴力装置の口を覗いても弾込めの腹を引き出してみても、答えは一向みつからない。肩にかつぎあげた猟銃の先を犬へと向ける。躾を忘れた犬は顔をあげ、初めて男はその全体像を見る。

重みのある顎を動かしながら樹木を見るようにかれへと視線をめぐらす眼球、大きく突き出しうごめく鼻、背へ向かい流れる毛と肉厚な耳。そしてただそこにあるつよい無表情が男をひるませた。かつての犬ではない、新しい犬がたちあらわれている。

つと立ち上がり犬はゆっくりと歩き去った。放置された鹿の仔の肉にそれが自分へ許されたものだとわかった。握っていたものから手を離し、忍び足でまだ白っぽい幼獣の肉へ近づくと犬のしぐさを真似てかじりつく。はじけた内臓から乳臭のまじるいくばくかの草がはみだし、目がくらむようだった。えんえんと、何も考えず、目の前のものを小さくちぎっては嚙み続け、ゆっくりのみこんだ。内臓に湧く健康な消化液が、こね回された肉も脂も屈辱も念入りに溶かしていった。全てを食べ終えると、犬を捜すために立ち上がる。土と木の根の上へ投げ出された猟銃はもはや大きな枝ほどにも注意を引かない。歩き始めて靴の底がはがれていることに気づくと両足からそれを抜き取り、中の靴下が穴だらけに湿って足のあちこちに赤いできものをふいているのを見るやそれも脱ぎ捨てる。

やわらかな足裏は初めて深山の地面に触れた。するどい棘や枝や虫の針などをおそれ、一足、一足、全身で探りながら歩む。はだしで一歩を踏み出すことは、それ自体が生死のあわいを行くことだった。しかし男のなかにもう死という言葉は無い。かれの内に実体の無いものは今やほとんど残っていない。

針葉樹の森のきわへさしかかったとき、異様な臭気が鼻をうった。枯れ葉の堆積の一部が黒く沈み、半分ちぎれた鳩の死骸がある。もしかしたらいぜん猟銃で撃った鳩なのかもしれない。いくらかついばまれ虫もたかったようだが誰もかれもがそれを異物として遠巻きにしている様子で朽ちきりもせずそこにじっと止まっている。深山に生き物の骸を見ることはほとんど無い。生き物たちはいつの間にかより大きな生き物へ取りこまれ姿を消していく。しかし鳩は周囲の調和からぽかりと浮いてそこにとどまり続けていた。悪臭、腐敗臭とも異なる重くいたたまれないにおいがわびしくたちこめている。かれはそれが自分からも漂ってくるように感じた。

せんせい、オリーブせんせい
流水の音がする、起きなくてはならないのに眠くてしかたがない。ここは深山で、早く帰らないとしゅじゅつが始まってしまう。急ぐほど帰り道は遠く遠くなっていく。

遭難？　撃たれてバラバラになった馬を犬をかれを縫い合わせるしゅじゅつが……ああでもわたしの脚も腕もお腹までズタズタで、もう無理、助けられない、助けられない‼

オリーブせんせい、おれもう行かなきゃいけないから。もし犬が死んだら、とった内臓とかをぜんぶ腹に入れて運動場にでも置いといてください。あっちから、電話する。大丈夫だよ、困ったらホウレン草食ったポパイが助けに来るさ、だいじょうぶ……。

気づくとわたしはドクターズチェアにひとり掛け、両手をかたく握りしめて片頰の下へ敷き小さくしゃくりあげながら眠っていた。小椅子にかれはおらず、人のいた気配すら希薄だった。

4

グレイスは、明日の朝の手術に向けて控えめな量のドライフードを食べている。下あごで一定量をすくい、ぱくぱくと口を動かしまたひとすくい。工事現場のショベルカーが土くれを拾うのと同じ動作でえんえんとこの作業を続ける彼女を見ながら、わたしはかれが語ったこの犬の、いんいんと響く遠吠えを幻聴する。

最後に犬の遠吠えを聞いたのはいつだったろう。サイレンを鳴らす車が通り抜けるたび、鳴き騒いでいた犬たちはいつのまにか静まり返りそのままいなくなった。グレイスの上と横のケージにはそれぞれ一頭ずつ犬がいるがかれらはお互い息をひそめ気配を殺している。

かれらが祖霊をもつとして、血脈のはて、いま、ここに魂はあるのか。

「こういう考えは良くない。テンションが下がる。オペは元気にやろう、ワーグナーをかけようか」

中空へ向かって声をだし、院内放送用にしつらえた天井付けのスピーカーへ音楽を流そうと立ち上がる。

バッハやモーツァルトもいいかもしれない。しかし、プレイヤーの前でわたしはCDの山から何一つ選ぶことができない。そのままデスクへ戻り、明日の麻酔計画を書き出す。ドミトール、いや徐脈が心配だからブトルファノールとプロポフォールで挿管だけして、吸入麻酔で維持。ブプレノルフィンで鎮痛、ファモチジン胃酸抑制、トランサミン止血、抗生物質は二剤、ドパミンとドブタミンで術中昇圧。調子が出てきた。きっとグレイスは元に戻ることができる。

わたしは医局の棚に置かれた楯や額を見遣る。外科認定医証、循環器認定医修了証、三学会賞受賞楯に腫瘍Ⅱ種合格証。難しい資格試験に合格した時、友人らに囲まれながらこの楯をかまえ、撮った記念写真のフレームは棚横の壁に掛けられている。歯を見せ笑っている三十代のわたしは、知識と技術が病と闘う武器になるのだと疑ってもいない。

病と闘うとはそも、どういうことなのだろう。グレイスの飼い主が語ったように、生物は限られた資源をあらそい、常にその領分を他者とせめぎ続けている。医療はその片方へ肩入れし、援護する行為だ。恒常性《ホメオスタシス》を外れた生き物を元に戻す、かれの言う「もともとの型」へとはめこむのだ。そして究極的には死なさないよう力を尽くすこと。

だが死までの時間を稼ぐことは生かすことと果たして同義なのだろうか。

ああ考えすぎては駄目だ。技術と経験をもって反射のように術式を行え！

無影灯の下、黒毛をフィルムドレープで覆い腹をさらした患畜が四肢を手術台に固定され、喉から伸びた気管チューブが酸素・麻酔ガス吸入器につながれている。切開予定の上腹部を除いて緑色の布が犬の全身を覆い、呼吸に腹が上下する以外に生き物らしいところは見えない。

生体情報モニタの情報だけがこの布の下で犬が生きていることを保証している。

わたしは対面に立つ助手の獣医師に軽く目で合図をし、メスを構える。かなり大きく切開しなくてはならないだろう。

ふと、妙な臭いがしたように感じた。すべてが滅菌された手術室では嗅いだことのない腐敗臭のようで、わたしは外回りの看護師たちに犬が汚物等で汚れていないか確認するよう頼んだ。

正中線に沿って切皮。筋組織を白線から切開し鎌状間膜を処理、けん部に小切開を加え開創器を設置、腸間膜と小腸をよけ脾体をもちあげ胃脾動脈から血管収斂剤を注入し短胃動脈を結び

……

おれが忘れていたおれの型を、医者たちのほうがよく知ってて驚いたよ。

解剖図に載っている正しい形、内科学の教科書に書かれた血液検査の一般数値、正常心拍、血圧、体温。本来無いものを切り取り、繋ぐ。肉体をすべてそれら完全な型へ詰め込んだとして、いまのグレイスに何が達成されるのか。医学書にあらわされる「生」は数値の堆積でありその内容ではない。

サージカルキャップに包まれた耳をそばだて、電子機器がたてる無機質な音の向こうに、黒犬の遠吠えを聞こうとする。だがそれは今、どんなに待っても聞こえてはこない。かれの語った、グレイスではない新しい犬の鳴き声。祖霊と遠吠えで交感する犬は、常に自らの生の突端にある。その犬を古い犬の型へいくら押し込めようとしてもおそらく生かすことはできない……。

あたまのなかで組み立てていた手順がほどけていくのがわかり、白い無影灯のひかりの下にあって暗く沈んでいくのをなすすべもなく見送る。

「院長」呼びかけた対面の助手が、気を利かせ「開創しましょうか」と続ける。

かすかに首を振り、自分が首を振ったことに驚く。起こそう、手術はやめると宣言し、滅菌グローブを外しマスクやオペガウンを脱ぎ去って床へ落としながら手術室の出口へ向かってもうずんずんと歩き始めていた。麻酔器のダイヤルが金属のこすれる音をたてて回され、ＯＦＦを表示する。誰もが黙ったまま、しかし奇妙に納得する気配をもにじませつつ小さく声をかわして片付けを始める。

わたしははじめて、何もせずにこの部屋から出ようとし、ふとこの部屋の壁を緑色に塗るよう工務店の人に頼んだことを思い出した。血液や内臓によっていちめん赤一色となる手術野から目を休ませるため塗った緑をいま、初めて目にしたように感じる。

暗緑色のペンキを見つめていると、五十もいくらか過ぎ、凪いでいたはずの自分のこころが津波の前兆のように不穏にふくらんでくるのを感じた。奥歯を噛み折らないよう手術中にいつも着けているマウスピースがきりりと鳴り、顎を食いしめていたことに気づく。

あの、ボクサー犬の臭いがする。

十年以上前に処置した犬の記憶が急に甦ってくる。

気が荒い、けれど明るく愛嬌もある大型犬だった。高齢だった飼い主の病死で、娘夫婦に引き取られた犬はあちこち尿をひっかけ、餌箱をひっくり返し、その家の五歳の娘の腿を咬んだ。一年ほどたち、久しぶりに夫婦が犬を連れてきたとき、その肘には桃のような悪性腫瘍が生じ、レントゲン検査で肺への転移も認められた。自潰した腫瘍から脂を伴う薄赤い体液が滴り、腐敗した外皮が鼠色に垂れ下がっていた。刺激臭を放つその肉塊をぶらさげながら、犬は意外にもはつらつとしている。治療計画を話した時、娘夫婦は顔を見合わせ同時に拒絶の身ぶりを示した。

「もう無理です、今日は連れて帰らないつもりで来ました」

診察台の大型犬は鼻づらをそこここへ向け、治療後にいつももらえる菓子を探している。夕飯を与える前に連れてきたと夫の方が言った。「吐いたら困ると思って……」

第一剤、麻酔薬が入ったあとも、犬はしばらく診察台のゴムマットの表面へ鼻をこすりつけ、嗅いでいるようだった。第二剤、黄色いカリウム液が全量注入されても犬の心臓は動き続け、腫瘍や呼気からはいっそう有機的な悪臭が吹き上げた。二剤目をさらに半量、追加注入したとき、突然犬は弛緩し全ての動きが止まった。妻が「あっ」と小さく声をあげた。一礼し、数歩退がって促すと飼い主夫婦は死骸へ近づき、こわごわその毛を撫でる。

犬の死骸から、先ほどまでとは全く異なる重く冷たい臭いが漂い出る。床を伝い流れてくるそれは、生きているものから、そして自然死したものからは決して放たれることのない類の臭いだった。その臭気がいま、グレイスから漂い始めている。

絶望に香りがあるならば、こんな臭いがするだろう。

翌日の夜半に、かれから電話が来た。クリニックに併設している小さな自宅部分で子機をとったわたしはかれよりさきにしゃべりだしていた。

「手術はしなかった、何から言えばいいのか。脾臓のできものをとっても、たとえ体中ぜんぶ取り替えてもあの子は良くならない、そう思います。あなたの話を真に受けるわけじゃない、わたしには経験と知識がある、ただ……」

どこから掛けているのか、背後はやけにしんとしている。

「ただ、あなたが遭難の話をしていたとき『新しい犬』みたいなことを言ったでしょ。犬に銃を向けた、そのときのことですよ。わたしもたくさん犬を見てきた。『新しい犬』はいなかった、でもあなたの話をききながらはっきり見た、見た気がする」

わたしは沈黙しつづける相手へ訴えかける。

「ゴヤの絵を見かえして、わたしにはわかった。あなたよりも犬だけのことを言えばたくさん見てるんです。あれはね、『新しい犬』が『埋められ』てるんだ。生きながらに殺されつつあるものの臭いをたてて『口を閉じきって鳴きもしない』から酷いんです。あなたはそういうことを言ってたんだ」

いちど言葉を切ったわたしとかれの間に横たわった静寂を、突風の吹き抜く音が横切っていった。どちらに吹いた風なのかはわからない。

「自分からも臭いがする、あなたはそうも言った。生き死にをうんざりするほど見てきたから、わかる。わたしは……あなたが致命傷を負っているように感じる」

何ひとつ聞き落とすまいと、受話器を強く耳へ押しあてる。わずかな身じろぎの音でもかれ側の送話器が拾うことを願いながら。

かれがクリニックへ初めて来た日からその小さな体を満たしていた暴力への信仰に近い執着は、今やごっそり抜け落ちていた。深山でかれの洞《ほら》は何によって満たされていたのだろう。そしてそれは今も満たされ続けているのか。

どれほどの時間がたったのか、わたしの耳は痛手を負った生き物の呼吸音を捉える。このような傷から、はたして回復できるのだろうかと思えるような音だった。不規則に引く息は、嗚咽を押し殺しているためではないだろうか。

ブザー音とともに金属の擦れあう音がし、通話が唐突に途切れたため、かれが公衆電話から掛けていたのだとわかった。青白い照明を浴び、ガラス張りの箱のなかで緑色の受話器を握りしめている姿が目に浮かんだ。

翌々日、そのときの沈黙を満たすように分厚い紙束をいれた封書が届いた。郵便物を持ってきた受付係は気味悪がり、封筒から引き出したのがいちめん、青と赤の鉛筆でまだらに文字が敷き詰められたチラシか何かの裏紙だったのを見ると、さらに眉をしかめた。

しかしわたしにはそれが待っていたものだと感じられ、そっと封筒へ戻し鍵のついた引き出しに入れる。

午後が休診だったため、当番医以外が引けた院内で封書をとりだし、犬舎へ向かう。グレイスは大型犬舎で横たわりもはや顔もあげず、看護師が買い与えた靴形のガムを肘の下に敷いて目を閉じている。水鳥を模したダミーも、ピンク色のボールも足で隅へ追いやられている。

犬の横へ毛布をのべ、肘をたてて腹ばいになった。駆け出しの臨床医だったころ、症例を見守るために犬舎に寝袋を持ち込みよく傍らで眠ったことを思い出す。グレイスの黒々した鼻先がたてるちいさな呼吸音を聞きながら紙束をめくりはじめる。

『おれはテレビでしゃべるやつとか本を書くやつを嫌いです。オリーブ先生もちょっと嫌いだったけど、いまはそんなことないのでご安心ください。むしろ感謝しかないんで。犬とおれについて書きます。本を書くやつみたいにできないから下手だと思います……』

つたなく書き出されたそれはかれと犬の深山での顚末だった。テレビに招かれる知識人や、巧みに物語る小説家、科学知識をひけらかす専門家を敵対的に表現しているかれは、自分の物語をひとに奪われてきたと感じているのかもしれない。

話はときに前後し、恨み節や作りごとめいたこと、矛盾した内容もあった。

しかしわたしは自分のなかでかれの話をあらためて組み上げ、追体験し、自分の経験以上にそれをわたしのものだと感じた。

5

新しい犬。肩と腰の骨が高く張り、かさつく硬い皮膚の上を、ところどころちぢれ、細かく波うった黒い毛が覆っている犬が陽射しの中に立つ。ゆっくり振れている尾は小虫を払っており、頭部は無理なく下がっている。犬は何一つ迷わず、のんびり草むらに横たわる時ですらそれはしかるべき時と場所であるようだった。時おり、見晴らしのよい高台のガレ山に上り、薄暮の山際へ向かって全身をのばし遠吠えをする。犬と男は小さく、いびつな群れを形作っている。

犬がえものを引き裂きながらゆっくり食べる間、辛抱強くかたわらで待つ。空腹に耐えかねて肉へ手を伸ばせば、うなり声に続き白く大きな牙が腕や肩へくいこむ。かれらはたびたびとっくみあい、草を撥ね散らかしながら転げまわり、追い、追われ、しかしたいした怪我もしなかった。お互いのつよい無表情、全身の気配、粘膜のたてるさまざまなにおいと細かなふるまいの観察が、二つの異なる生き物をつないでいる。かれはたびたび手足を畳みこみ土に伏して、犬が背中へ乗りこちらの尻へ下腹をすりつけるのを受け入れた。それはヒタキが鳴き交わすように、雁が群れ成し飛ぶように、ごく普通なことだった。

山がいよいよ冷えてきたころ、足を踏み入れたことのない場所を調べるため崩れやすい斜面を下っていたかれは、たのんだ石に足をすくわれ、とっさに握ったイヌブナの根で勢いを弱めながらも谷底まで落下した。激しい衝撃にしばらくもうろうとし、あおのいたまま山と山に挟まれた空の、薄くたなびく淡赤色の雲をながめているうち、片足の先から腿まで違和感が広がってきた。それはすぐにいっときもかれを放さない熱い痛みになる。そこに心臓があるかのように脈打つ足骨のところ、その拍動に合わせて浅い息を繰り返す。体の芯を失わせる深い疲労が全身をどろどろと溶かしてゆくようだった。しかしかれは自分自身の肉体しかもたず、これを永らえるためにあらゆることに耐え、真剣にならなくてはいけなかった。冷や汗と震えが交互にやってくる。男は蠅が、キリギリスが、一日の多くをみづくろいに費やしているのを、また、足裏に傷を負った犬がえんえんとそこを舐めつづけるのを思い出し、そろそろと起き上がった。ひとつ身動きするたび首筋まで激痛が焼き走ったが奥歯をしっかりと嚙みしめ、自身の体を隅まで丁寧にしらべる。手のひらの切り傷、爪を欠いた指、肘とすねの痣、ひねって膨らみはじめている足首。そして不具合に対しそれを支えることのできそうな、痛んでいないもろもろの部分、とくに力を残しているところを。

あらためて自分の持ちものを確認すると、それらはとてもよくできていた。過酷な外界に直接関わらなくてはならない部分はたいがい換えがきくよう一対になり、複雑で重要な部分は腹を中心に、内へと集まっている。物見やぐらのような頭部は、あちこちを見渡し、聞くために中心から離れているが、硬い骨でぎっしりと囲まれ護られていた。なにもかもが、体の中心に据えられた熱く赤い流れを保ち続けるために育ち、うごめき、破裂し小さな死をも繰り返している。循環そのものが目的ででもあるかのように。

なんとか立ち上がると、すでに空は橙から群青に変わりつつあった。谷に迫りだして生い茂る木々が藍色の影となってこごり、鳥の羽音に交じる犬の吠え声が渓流へなだれ落ちてくる。その声を頼りに切り立った砂岩へと痛んでいない方の足をかけた。手がかりも足がかりも無いような斜面はしかし、木の根が、ヒバが、ツルや石の先端がそこここにありかれを立ち往生させなかった。

おぼろな月の光をはるかに、小さな虫たちと遅さを競って勾配を這いあがってゆく。粘液の道をあと引くなめくじ、上へと吐きつけた糸を引き寄せるクモ、銀色の産毛を土のつぶに絡めてのぼるダニ、だれしもが注意深く次の一足を歩んでいる。はるか下には、暗さを吸って黒い川が激しい水音をたてている。崖の中腹、落石でえぐられた粘土層が片膝を乗せられるほどの空隙を刻んでいた。腫れあがった足を下ろし使い続けた側の腿を岸壁の小さな張り出しで休め、窮屈なそこにうまく入り込む。垂れ下がっている太い木の根に顎、腕をかけわずかにまどろんだ。

谷底から湧き上がる厚い靄が朝焼けに赤く染まり、ふくらみながら谷をのぼってくる。頭上の樹冠でカラスが数羽、しゃがれた鳴き声をたてる。絶え間ない痛みの間を縫うようにうとうとしていた男は、まぶたの裏に赤い光を感じながら夢のように遠く言葉をみつめていた。

あのときの赤ん坊はどんなふうに育ったんだろう
おぞましい赤い部屋でおおきくなったんだろうか……

高くなった日のもと、虫たちはとうにいなくなり、蟻だけが南中の陽光にせわしなく動き回っている。かれは慌てない。出発のときを決めるのはかれ自身だった。水分をたっぷり含んだ草の茎を嚙みしめ熱に腫れた喉をなだめる。斜面の草をつかむたび、いろいろな青さの入り交じる清《すが》しい匂いがはじけた。

のぼりつめ、再び山の肩に至ったのは日が大滝と巨石群の間あたりへ傾きだすころだった。軽がると地面を蹴立てながら黒犬があらわれ、それは群れとして迎えに来たようでもありたまたま通りすがっただけのようにも見えた。

膝をつきながら汗をしたたらせ息を乱していると、傍らに犬が近づき、辺りをいくらか嗅ぎまわるとかれの手や顔を舐めはじめる。あたたかく湿ったそれはふき出す塩分を欲してのことだったが、男はなぐさめられ自ら伏して関係を取り戻すべくつとめた。

先導者としての犬、常に間違わず歩く姿。背中を軽く丸め、両肩の間から伸びる頸を機敏に動かして土の上にあるにおいをたのみ、崖のきわを小さく跳ねながら。足をひきずりわずかずつ歩みながらかれは、森の北斜面近くにある古木ばかりの森へ犬が向かっているのを知った。弱った体を回復させるにはそこが最適なのだろう。

陽が射し、翳り、細かな雨が降って霧がたち、雲が晴れると樹間から再び光が漏れ入ってくる。

かれらはその中を急がずたゆまず進む。

　犬のみちびきに従い古木の疎林に至って、ますます激しくなってきた痛みの声をおしころしながらブナに身をもたせ頭を支えようとする。しかしためらい、土の上をびっしりと覆っているカラマツの黄色い落ち葉へと横たわった。

　犬は少し高くなった岩の上で肘と膝をたたみこみ、首を立てて座る。滲むような意識とはっきりした痛みとのまだら模様の中で、犬の体中に張り巡らされた緊張感ある肉とそれを起立させている骨格、正しく連動する内臓を思い描く。その確かさをたよりに自分の肉体を確認しようとしたがそれは犬のようにはうまくいかなかった。心もとなさといよいよ篤くなってきた高熱のために全身が震えはじめる。深みからの地響きを伴い山が鳴っている。高くに生い茂る樹冠に押し込まれ、闇だけが水のように満ちている。肺を満たす空気すら黒ぐろと感じられ、自分の目が開いているのか何度も指で触れてたしかめた。しかし指先をどんなに近づけても目は何も映さず、自分自身があるのかないのかすらわからなくなってくる。ふと、わずかな光を求めて仰のいていた顔を体の下で触れている地面へと向けた。目をこらしているうち、色のない視界の周辺から黒がうごめき始める。さらに見つめ続けるとそれは黒でなく、濃く煮詰まった赤色なのだとわかった。赤い闇はほのかな温度をもって息づき、胎動している気配があった。その中へもぐりこむようにそっと身をよじり、朽ち葉の重なりの下へさらなる暗闇を求めて入り込むと小さく体を丸め眠った。

股の間にある犬の乳が膨れている。偽妊娠の時期に入っていた。小走りに駆けてきては、うずくまるかれのそばで粘液に包まれた未消化の肉を吐き戻す。赤黒い内臓や白い脂肪、黄色い皮が細かく入り雑じった塊は舟形の広い岩の上で丸まる。舌を出しながら激しく呼吸し、口角から長く糸ひくよだれを流す犬の、腹にいない仔犬の代わりに男は養われている。

せわしない様子ですぐに立ち去る犬のそげた腿とひどく長くみえる踵を見送り、その吐物へと近づく。手にとると滑り落ちていってしまうぬめりを、顔を正しく傾けうまく飲み込んでゆく。何度か出掛け、戻っては同じことを繰り返した犬の目がこれまでの無表情に加え、したたかな強靭さを湛えてくる。落ち葉を左右に散らし鋭くジグザグに走り、頭を振りたて急に立ち止まると、再び跳ねながら駆け去る。乳頭から黄味がかった母乳が数滴したたり、森に点々と白いみちを作った。ひたすら与えられるものを食べながら眠り、起きては排泄し、また縮こまる。いくばくかの時を経て男の中がおおむね犬から与えられるものだけになり、それより以前にかれを形作っていたものが全て流しだされたころ、なにもかもが新しく、しんしんと落ちつき広がりはじめた。

闇のなか、はるか上から切り注がれる光のかけらが地面でひらめくのを指先でつかまえる、手の甲へ移ったそれに触れ、また指で追う。それをえんえんとくり返し、かれは飽きることがない。

回復した男は内側へ曲がりこんだ足に合わせて体を傾げ、肩肘を少し持ち上げ歩く。軸がわずかに傾斜した軀体にあわせて足の親指はふくらみ付け根の骨がもりあがってくる。骨盤はよじれた下肢を柔軟に支え、背骨がその上に曲線を描く。肉体と意識がよりわかちがたく結びつき、以前よりも自在になったと感じる。一日一日はどこかを登り、あるいは下ることに多くが費やされ、その体は肉の重みに馴染んでいった。

低いコナラの樹を選び、幹のこぶを頼ってその身を持ち上げ、足をかけながら幹を抱え登ってゆく。水平に伸びた枝の上に立ち、眼下にひどくゆっくりと中空へ飛んでは落下してゆく白い水のゆくえを追いながら、そこここにこだまする鹿の音、犬の遠吠え、猛禽の鋭く裂くような鳴き声に耳をそばだてる。喉がむずつき、何らかの声を発しようとする。手にした木の実をぐっとにぎりしめると枝向こうへ顔を突き出したが、言葉に慣れた喉は本来の鳴きかたを忘れて久しく、空しいかすれ声を出すばかりだった。

深山の落葉樹の葉がおおむね散りつくし、網目のように張り巡らされる裸木の枝と灰交じりにくすんだ緑の針葉で山肌が覆われはじめるころ、山間に鳴き交わすさまざまな鳴き声の中へ、男の控えめな声が時おりまじるようになる。空咳のような、エッ、エッ、という音は、広い峰へ響き渡る犬や鹿や鳥の声と異なり樹上からその根方へ降る程度だったが、かれにはそれが岩石土の合間から、しかるべき何かへとよく伝わるように思えた。遠からず雪の静寂に覆われるこの深山の地下深くへ、種蒔くようにけものが、虫が、そして男も声を降らせ続ける。

青白い稲妻が雲間を走り墨色の雲を紫に染めぬいた。空に亀裂が入った直後、山を揺るがす轟音がひびく。落雷が古木の森でもっとも高い木を割り裂き、火柱をあげた。黒々と焼き締められ軋轢音を響かせながら豪雨のなか燃え盛る大樹から逃れ、犬とかれはかつて踏み込んだこともないほどの森の深みへ駆け込む。乳白の泥が行く手を阻み、辺りはツタがお互い絡み合い厚い緑の壁を作っている。泥の一部が大きく盛り上がり、破裂し、ふたたび泡をふくらませていた。雷鳴に押され、注意深く足をそこへ踏み込むとやわらかく細かな泥土に胸まで入り込み、小さな飛び石を伝ってゆく黒犬とともにどこまでも進んでゆく。振り向くと薄闇にそこだけ白い雨の中、木が黒い煙をまとい中心に赤い火をいだいている。

泥が浅くなりあたりは少しずつひらけてくる。奥に平たい大岩の積み重なりがあらわれた。シダに覆われた見上げるような石を、二つに割り開き真ん中から巨木が伸びている。その幹は中途から二つに分かれ片方はうろこのような木肌をふき、他方はなめらかで深緑のまだら模様を浮かべている。岩と泥、高い植物の壁にはばまれ豪雨の雨粒も雷鳴のとどろきもここに届かない。

巨木は二つの樹木がねじれ、捩りあい、はるかかなたまで伸びていた。一つは針のような葉をもち枝ぶりは高く上向きで、いま一つは水平な枝ぶりから丸い葉をなだれるようにしげらせている。針葉樹と広葉樹がからみあっているのだ。しかしその境界は無限に混じりあい融けあい、新しい単体となっている。割りひらかれた石、癒合した二体の大樹の間に小さな隙間がある。かなたは暗く、どこへ通ずるかもわからない。窮屈なその中へ這い入ろうとしたが、犬は動かない。石の手前で肢をそろえ、じっと座っている。一度犬のかたわらへもどり、いつものように嗅ぎあい腿をすりつけあって先を促した。

光の無い隘路を頭を下にし降りてゆく。下へ、下へ、曲がりくねる空隙を少しずつ進んでいると後ろから温かい毛が岩肌をこすっている気配が伝わって来、犬があとに続いていることがわかった。どこからともなく風が吹き入って来る。身幅よりもひどく狭い岩間へ至る。全身を弛緩させ、中心だけをしっかりと芯だてて石の隙間へはまりこむと、ごくゆっくり身をくねらせる。少しずつ広くなってきた石の道はあるところで急にひらけ、かれらは引き寄せられるようにそこを落下していった。

かれは固められた道の上に座っていた。脚を投げ出し、両手は腰の横に突いてカーブしていく道路と土留めの杭を眺めていた。雨は上がり、雲がその裏にある月の明るさを受けて明滅しながら吹き流されていく。灰色で平らな道路は端が切り断たれ、一部はひび割れ崩れている。積み石で土砂をせき止め網で覆ってある山の斜面が裾野へ続いており、工事途中で遺棄された現場であることが知れた。

肩越しに振り向くと、黒犬が立っている。暗がりでその様子はうかがい知れないが、石のように静かだった。両手で平衡を保ちながらかろうじて立ち上がり、しばらくその場にたちつくす。下り坂に沿って一歩、足を踏み出そうとして、犬がついて来ないことに気づいた。焦点を結ばない意識のまま、糸でかろうじてつながっている布きれのようなズボンについていた、大きなポケットを封じているチャックを嚙み合わせの悪さに苦労しながら引き開ける。なかから立派な革製リードのついたチェーンチョーカーを取り出ししばらくじっと見つめた。犬は爪の音をたてでごくゆっくりと、ひと足ひと足かれのもとへ近づいた。その足元で尾をたたむと、背筋を伸ばして座る。何度か咳払いをしたあと、しわがれた声で「グッド、グッガール、グレイス」とつぶやく。チェーンを頸に通したグレイスはリードを引かれ一定の距離を保ち歩きながら、半歩前の道路に目を向け続ける。そのまま一度も山を見返りはしなかった。

『オリーブ先生、おれはこのあいだテレビで石油タンカー座礁のニュース映像をみた。海面のあぶらに引火して海に火がついてた。炎の波が動いて黒いススが空へのぼってた。音声がカットされてたのかもしれないけど、音がぜんぜん無かった。おれがこっちに戻ってきたとき、山すその民家のひとが呼んでくれた救急車の小さいカーテンがついた小窓からみえた景色の感じがそれにいちばん近かったんです。いまも、なにを見てもそうだ。ものすごく不安な景色ですよ』

かれはきっとこれを、口を突き出すようにし、顎をつよく引いて書いたのだろう。赤や青で書かれている文字に法則性は無いようだった。ただ、二色鉛筆の両側を削っては書きをくりかえす丸まった背を見たように感じ、わたしは紙束に額をつけ大きく息をつく。

『ブリーダー女の赤ん坊のはなし、覚えてますか。オリーブ先生もあの子は死んでるって思ったんじゃないかな。おれは不思議なんだけど、山にいるときは赤ん坊が生きてる気がした、確信してるくらいだった。でもこっちに帰ってきてからは死んだんだろうと感じるようになった。うまく書けないけどそうゆうことです』

かれの触れたなにかの核心を、同じように感じるにはわたしはこちら側で生きすぎていた。けれども確かに、かれの話のなかであれほど強く響いていた赤ん坊の泣き声や、祖霊へ呼びかける黒犬の遠吠えが今、わたしには聞こえない。

深山にあった巨大な何かとの繋がりの緒を絶たれた、いや、絶たれていたことに気づいたグレイスは生きながらに死んでしまったのか。そしてかれもまた。

かれの手紙はこう結ばれている。

『もうぜんぶ、これで言葉とか文字はおれから出てってしまった気がする。でも書けないと思ったけどかけてよかったです。十一月二十日に犬を迎えにいくので、そのとき精算書をお願いします。敬具』


犬は横たわり、迎えに来た飼い主がかたわらから声をかけてもみじろぎひとつしなかった。しかしかれが四つに這い、自分の肩先で犬のわき腹を小突くように押すとゆっくり首をめぐらせた。夜半のクリニックの外には大きな風が来ており、外壁に設置された小さな換気扇をそのちからで自然と回転させている。スタッフを全員帰したので、院内は静まり、犬舎から続く運動場と、そこから直接駐車場へ通ずる鉄扉を開け放してある細い通路が風の通り道となって音をたてており、犬は肘をついて半身を起こすと、注意深く空気の匂いを嗅ぎ確かめた。

かれがじっと身を伏せ待っていると、黒犬があたりまえのように立ち上がった。ふらつきながらも四肢をふんばり、首をややうなだれ足先だけをチョンチョンと突く歩きかたは、体力を極力節約する野犬のおもむきで、わたしは赤ん坊のころから診てきたグレイスはもうどこにもいないのだと感じた。どれくらい生きられるのか、どこに医学的問題を抱えているのか、目の前の犬からは何もわからない。胸を裂くと思ったその事実は、意外にも胸を満たした。手の中でやすやすと扱えていたはずの命はいま、どこへ続くとも知れない深山となってわたしの前にある。

かれらがどこへ向かうのかは想像がついた。かれの実家、枇杷の木の根方で黒い仔犬が遊んでいた庭のある小さな白い戸建てには、先週ごろからテリア犬を連れた若い外国人の夫婦が住みはじめていた。

「歯をね、かぶせてるやつとか詰め物で具合が悪かったやつをぜんぶきれいにしたんすよ」

犬を乗せた車の後ろ扉をドスンと閉め、はにかんだような声をだす。

「歯痛だけはたまらないからなあ」

うなじの毛を青々と刈り上げたかれは散髪にも行ったようだった。キャンプの準備にもみえるそぶりで、ボロボロの車に乗り込んだ男は、かつてのかれとは見えなかった。これから冬に向かう深山で男は長くは生き抜けないだろう。黒犬は生き残るかもしれない。だが生の突端までを生きるかれらにあって、それは同じことに思われた。

風で押し込まれるような鉄扉を慎重に閉め、南京錠をさしこむあたりでエンジン音がし、タイヤが砂利を踏みしめる音が遠ざかっていった。

翌日、カルテ整理をしていた受付係にわたしは『グレイス』のカルテを転帰済みのファイルへ移すよう指示を出す。マリンスポーツが趣味の彼女は、生え際まで広がるなめらかなサンタン・スキンに似合わぬ憂いを額にあらわして言う。「グレイスちゃん、死んじゃったんですね」

そう、獣医師であるわたしはしっかりとした声で結論する。

「『グレイス』は死んだ、それは確か」

犬と男はすっかりいなくなったが、わたしには経験していないはずの記憶の残渣が残った。

工事途中で遺棄された市道の、車止めの看板から少し先まで端が崩れた道路は続く。土留めの杭と落石を押さえる縄で編まれた網が覆っている山の斜面のはるか上には黒い樹冠がざわめいている。新月の下、それでもどこからか注がれるわずかな光を路面の氷粒が仄白《ほのじろ》く照り返している。重なり合った平らな岩の間、細い音をたてながら風を吸い込む狭間のその前で男がたたずんでいる。濃い赤がさらに密着しひしめきせめぎあって一分の光も無い黒となった、温度だけが息づく闇の占める空隙をじっと見詰めている。

犬は一日を終え、疲労しているが充実もしているようなそぶり、巣穴へ戻るような自然さで身をかがめると、隙間へと入っていく。

男は化繊のジャケットに指をかけジッパーを下ろし肩から脱ぐとそれをアスファルトへ置く。かがみこんだまま靴と靴下を足から抜いてしばらく物思いに沈む。もう二度と袖を通すことのない衣服を最後に脱ぎ去るときの作法に思い当たらなかった。しかしかれはまたゆっくり動きだす。何もかも自分で決めたようにすればよいとわかったからだ。

皮を剝ぐように顔をゆがめ、一枚、一枚、服をとり去る男の目から熱い涙が一滴、一滴したたりおちてゆく。こんこんと溢れ出るそれは、かれを育てた町であり、これまで過ごした日々のこもごもであり、赤い部屋の初めての女であり、赤ん坊であり、言葉であり、人間の抜き型だった。

すべてをとりさると同時に涙は涸れ、粘膜をまもる液体だけを涙腺が溜めはじめる。素はだかの皮膚を粟だてる寒さにこごみ、つよい無表情を浮かべ、腕を軽く前へ垂らし膝をちょうど良くゆるめて岩間へ向かう。ごく慎重な忍び足、気配を殺す歩み。そして深山まで続くそこに踏み入ると、新しい闇へまぎれていく。

シャーマンと爆弾男

娘を鏡の前に座らせて口紅の引きかたを教えるのならわかるけれど、母親、といっても当時すでに老いの気配をにじませていたそのひとは川に面した掃き出し窓を両側に開け放ち、ぬるんだ藻のにおいが立ちのぼってくるうすずみ色の川面の夕刻の照り映えを娘の顔へ浴びせるようにしながら慎重に紅筆を使い、植物を擦った黄色の汁をまだ幼くむくんだような上下のまぶたに塗りこめた。

くすぐったいのと同時に、母親からただならぬものを感じもして、彼女は椅子から垂れ下げた足をぶらつかせないように固い膝の皮に爪をたてながら座り続けた。

でんぷんを溶いたとおぼしき白い液体で、浅黒い彼女の両ほほにそれぞれおたまじゃくしのような跡をふたつずつつけた。芯のある白髪がまばらに入る母親はその出来に満足したのかしないのか、娘の肩を背後から抱いて聞き飽きた物語を始める。

そのとき部族の長の若く美しい息子が母さんを、髪に結わえた羽根の下から見つめた

彼しかつけることを許されていない銀の輪飾りがたくさん首から下がっててまぶしかった

母さんはもう五十歳を過ぎていたけどすぐにおまえが出来た　先端が細くなっていく小さな小屋、上も下も葦やバナナの葉でできているあかるい日が射し込む小屋でね
赤ん坊のおまえはおおきな儀式を越えて、皆が認めた　だから私とともども手招きされて立派な女たちといっしょに昼寝をゆるされた　誇らしい瞬間
部族の長は帰国するわたしに言った
あたらしい国にもこのアマゾンのような川があるだろう　一羽の水鳥にそのためのひとつの河口があるように、その子どもにもひとつの川があるだろう　なつかしい声が聴こえるよう　しっかりさせなさい
おまえは選ばれた子どもだってこと、忘れないで

そして今、母親はビニール製の長く実用的なよだれかけを施設のテーブルに広げ、それを敷き布として置かれた平皿や小鉢、カップ、そこに満ちる色とりどりの飲食物を油断なくみまもりつつ、職員が口中へねじ込んでくれる入れ歯を待っている。

椅子三つぶんの距離をとり、アクリル板ごしにその様子を眺める彼女にふと気づいた母親が、きびきびと作業をすすめる職員になにごとかを耳うちする。

「いいえ、外国のかたじゃなくて、お嬢さんですよ。だからあなたの、ええと」

「優子、ゆうこだよ」

彼女がアクリル板の上から投げ込むように助け船をだすと、生え際のまだ若々しい職員はほっ

としたように続けた。「ゆ、ぅ、こ、さんですよ」

「なつかしい」

くぐもった母親の声がきこえ、耳をすますと細々つむぎだすように言葉を継いでいる。

「その、灰色の、なつかしい匂い。川えびのすりもの？　それから食べるよ、それ以外は厭」

「お母さん」

呼びかけをはらいのける仕草をした老女はもうすっかり食事の匂いや色に夢中なのだった。

食堂にしつらえられた大きな窓のむこうに、このホームの西側を流れる川が広がっている。川の一部は近代的な都市を模した町を造成すべく、黒い煙を吐く工事車両の一群によって埋められ均され、夏には花火、スポーツ大会を鑑賞できる景観をもとめ低く設計された堤防の内でしんとしている。

もともと暴れる川ではなかったが、この開発によりさらにおとなしい水となったようだ。しかしいつかはこの家畜のような水が、自来の奔流となって語り掛けてくるはずなのだ……

本当に？

匙で口に運ばれる食事にこまごま注文をつけている母親を驚かせないようにそっと立ち上がると、職員へ会釈をして彼女は食堂をあとにした。

老人ホームのおもてはぬるい雨を含んだ風が吹いている。足首まである黒い合羽を着込み、水鳥の足取りで歩き出す。

彼女は彼女の根の物語の話し手である母親がそこから退場しようとしていることを感じて心細

く思うと同時に、三十も半ばを過ぎて母親から与えられた使命をよりどころに生きている自分をふがいなくも思った。

　なまずかドジョウが手に入ればぶつ切りにして塩と油で煮込む。泥を吐かせはしないから、小骨のじゃりつきとともに藻と土の匂いが腹のなかに溜まっていく。あるいはワカサギ、アルゼンチンの赤エビを腸《わた》ごと炒め、固い頭部をすりこぎで潰す。鯉が店先にあれば大豆と赤インゲン豆、八丁味噌で炊く。換気扇を回すと近所から悪臭に対する苦情がでるので台所とつづきの五畳の和室を川底の生臭さで満たしながら火にかける。

　鮒が捕れたときも同じ、褐色の泥のような汁に骨が崩れきるまで根気よく煮る。ペルー産のバナナは房のまま蒸し、実を指先で団子にしながら上あごへすりつけるように食べる、これは毎日。ようするに川へ、それが都会の川であってもそこへ踏み入ったとき、水質調査人であるとか護岸工事設計のための測量士だとか、川の嫌いそうなニンゲンと誤解されないために、そして壊死せんばかりに弱々しい都市の水脈へ原始の水をはるか彼方から供給していると感じられる河川の精霊たる南米の巨流へと合図するため、二十年あまりもそんな生活をしてきたのだ。

　顔を、続いて足元を青っぽいライトに照らされると同時に困惑もあらわな声が降ってくる。

「落とし物ですか、大丈夫ですか」

　白い自転車を欄干へもたせかけるようにしながら、女性警官が目の前の事態を穏便に解釈するにあたっての落としどころとおぼしき仮定で声をかけてきたので振り仰いだ彼女は口を開きかけ、つぐんだ。

水は裸足の甲より上、ふくらはぎの下あたりでつぎつぎわかれてゆく。頭上では河畔の竹のひと群らが宵に藍いろを深め葉擦れの音をたてている。

「パスポート、プリーズ。にほんごオーケー？」

まっすぐに伸びた光のなかに霧雨が浮かび、その先に彼女の肌理のつぶれた光沢ある皮膚を切り映した。

日課を中断されることに不安を覚えた彼女は橋上の警官へ背を向けるとふたたび下流を目指し川底の石を踏みあらためた。途方にくれた、「ええー、なにこれ」というささやき声を切り捨て、集中し歩きはじめる。

この態度に彼女を不審者と思い決めた警官は職責にめざめたのか自転車を持ち上げ、車体を反転させてその鼻づらを川岸の狭い遊歩道へ向けると、今度こそ川の中を走り出した彼女を追って漕ぎ出した。「とまりなさい、川に入ってはいけない、ストップ、ストップ！」

彼女は並走しながら叫びたてる警官にある種の切実さを感じ、何か誠意ある言葉で応じようと記憶のなかをさらってみる。丈高の草をたくわえた洲へ出たところで遊歩道が途切れ、自転車は車両の通行をはばむポールにさえぎられた。警官はいっしゅん立ち往生したが、流れのなかを駆けつつもちらちらと見上げてくる不審者に挑発的なものを感じたのか、自転車をポールの手前へそっと横倒すと川と川岸を隔てるフェンスを横目でにらみつつ、もはや踏み固められただけの細い道なき道を走りはじめた。「やめなさい、とまりなさい、ストップ、ストップ！」簡潔な表現はつまり警官という職業の核心なのだった。

彼女は川底の石や藻をうまく踏みしだきつつ、頭に収められたさまざまの言葉たちからしかるべきものをえらびだすと、鴫《しぎ》の鳴き声にも聞こえる金切り声で叫んだ。

ジ　オペレーションオブ　ザ　マシーンビカムズ　ソオ　オーディアス！　メイクス　ユーソオシックアットハート！

警官は突如発せられた謎めいた言葉に集中するそぶりをみせ、みっしりと肉のつまった紺色の制服の足を止めた。

アパーン　ギアーズ！　アンド　アパーン　ホイールズ！　アパーン　リバーズ……

「いいぞ！」

川幅が広がり、腿ほどの深さから二段、階段状となった瀬を下ると流速が増して彼女の駆け下ってきた川は大きな河川へ合流しようとしていた。川べりの土砂の堆積した洲に赤い野球帽を被った男が両腕を前へ垂らし、ガムテープで補強したサンダルを引きずりながら彼女の行く先へ同行するそぶりをみせている。

「マリオ・サヴィオのフリースピーチだ！　国家権力に屈するな、おれはお前を支持するぞ……」

彼は日焼けを繰り返したために固くうろこのように見える皮膚をした腕を振り回し、コーチャーよろしく逃走経路を合図している。警官はもはや歩道も途切れた川岸からなすすべもなく、その意欲も削がれたのか腰だめにしたトランシーバーを一瞬、口元へ持っていったがゆっくり下ろし、そのまま川中を駆け去ってゆく奇人と急に現れた浮浪者の後ろ姿を見送った。

東京を東西に切り走る私鉄の巨大な鉄道橋は、対岸がかすむほどの大河川をまたいで前肢を東京に、後肢を神奈川に置く。

源流をはるか山向こうの分水嶺にはじめ、土地土地の谷や溝を分け入り、ある支流は土木工事で絶たれ、ある支流は埋められずとも涸れつつ都会の歓楽と疲弊を縷々《るる》と注がれ、ここに勢いを失って灰茶けた大量の水として右から左へごくゆっくり動いているだけのこの川は、彼女が懸命に目を凝らし、耳をそばだてても何も訴えてはこない。周囲の水を眺めわたし、最終的に自らの足元へ目をやった彼女のかたわらに、一定の礼儀をあらわして浮浪者が立ち様子をうかがっていたが、しばらくするとさりげなさを装って勝手にしゃべり始めた。

六十がらみのその男は柘植《つげ》蓮《れん》四《し》郎《ろう》、しかし今はヨハネ四郎だと名乗った。彼女は特に名乗らなかったが彼は自分のことを語るのに夢中で気にはしなかった。

促されるままに橋脚の脇に作られた彼のねぐらへ向かう。

その『家』はブルーシートと発泡スチロールによって作られ、その脇にこれも彼の手ずから組んだとおぼしきコンクリートブロック製の大きな構造物へと凭《もた》せ掛けるように固定されている。巨大なデッキ・チェアを思わせるその構造体をヨハネ四郎は『玉座』と紹介した。かたわらでは一匹のノラ犬が、ヨハネ四郎のものとおぼしき七輪の上に蓋をされ、小さく煮立ち続けている雪平鍋を見つめている。

ヨハネ四郎は山形にある寺の次男で、二人、流れた兄たちの水子供養で四郎と名づけられたという。そう話したとき彼は少し離れた位置に「長男の静法だろ」と指差しそこから順繰りに架空の人物を二人自分との間に決め、さいごに「で、四男の蓮四郎、おれだ」とおのれを指した。そのしぐさは重要に思えたため、彼女は神妙に聞いた。十六歳で上京した彼は東京と中東でおこしたとされる事件により逮捕され、長い裁判をふくめ二十八年、服役生活をすることになったと、『玉座』に深々腰掛けながらそこはからりと語った。

『玉座』は小柄な彼に比して大きかったため、その両脚は座面の上へ少年の脚のように投げ出されている。

彼女は手持ちぶさたに、あぶらじみた固い毛をした一抱えほどのノラ犬を撫でた。犬はこの河川敷を同じくねぐらとしているヨハネ四郎の手ずから頭部へ川の水をなすられアンデレと名づけられたそうだ。犬は人がなぜたびたび自分の頭部をこするのかわからないようだったが、気にも留めない様子で厚みのある胸の肉に押されたように湾曲した前脚をつき、どしりと座っている。

「なんで寺の子がキリスト教徒になったの」

当然の問いにヨハネ四郎は座面へ両手をついて尻をにじらせ深くかけなおし、ひと息もったいをつけた。

彼は自分を悔い改めさせ、神の赦しへと導くために、東京拘置所まで新幹線を用いて三時間かけ通い続けたというキリスト教徒の女学生の慈愛にほだされ、洗礼を受けた顛末を説明した。その女学生の楚々とした佇まいと、短大の声楽科へ所属していたという事実に大いに加点するこの浮浪者を、彼女は少し軽薄に感じた。

宵闇に沈んだ川面は、土手の上を走る道路の誘導灯を受け化繊の衣服のような安手の光を放っている。彼女はなんとなく目をそらし、もう行くよ、と断って歩き出した。ヨハネ四郎は慌てて、

「それでお前はなんで川ン中なぞ歩いてた、え、そっちの目は見えてんのか、いや、いや」

うんざりした彼女の表情を見、意外にも繊細な面のありそうな男は白っぽく見える手のひらをかざし、もう片手で自分の眉間辺りをこすりながら一番訊ねるべきことをさがすようだった。

「名前を訊いていいか」

彼女はううん、と考えこみ、岸も空も区別がつかないほど暗くなった川を、上流から下流まで見渡してからヨハネ四郎を見返った。

「優子……」

しかしいま、彼女の足元には醜く弱り果てているとはいえ偽らざる川の水があり、それは殺鼠剤にやられてよろめきながら渇きを癒そうとしたクマネズミを水中へ巻きこんだり、大きな鮒の口へ微生物を招いたり、水草にからみついた蛙の卵を揉んだりしているのだ。彼女は本当の名前

を言うしかないと観念した。

「アリチャイ」

ヨハネ四郎は生真面目なようすでうなずき、あらためて彼女を見る。

「仙川からこの、多摩川まで歩いてきたのか、水の中を？　なんのた……」

「あれはせんかわじゃない」

アリチャイは慎重に男の言葉を遮った。

「だってお前、地図にだってそこの欄干にだって、標識だってあるだろ」

「あれは、せんかわじゃ、ない。石に書いてあったって二十年以上毎日歩いても川から仙川だって聞いたこと、無い」

「誰にだと、おれはわけが分からなくなってきたぞ」

「質問ばっかりだなあ、レンシロウ。わたしはもう行くよ、犬も、さよなら」

未練もなく踵を返し、今来た川を今度は遡上する勢いで駆けのぼっていくアリチャイを、ヨハネ四郎はいくらか追ったが、赤茶けた強い皮膚に覆われ蔓植物のように柔軟な彼女の足が瞬く間に水を蹴立てて去るのを砂利の上でむなしく見送ることになった。


翌週、護岸工事で固められた川壁に埋め込まれた鉄杭をつかみ、いつものように身軽に川岸まで下りて行こうとしたアリチャイの前に、得意げな表情のヨハネ四郎が現れたので彼女は面倒を感じた。彼はそのねぐら付近である多摩川、野川、そして仙川の流域の構造に通じているのだと自賛し、杭をつたって河畔に出られる箇所は把握しているのでいくつか張っていたとあかした。そしてすでに水を両足で漕ぎ、ぬるつく川底の石をものともせずスイスイと歩き出したアリチャイに、気遣うような言葉もつけくわえた。

「仙川、野川というのはあくまで便宜上だぞ、川がそう言ってないならそういう名前じゃないっていうあんたの言葉はなにがしか、感じるものがあったからなあ」


水のなかを裸足でゆく彼女へひっきりなしに言葉を降らせながら、遊歩道をせかせか歩きついてくる彼は、夕方になっても残っている盛夏の暑熱にもかかわらず、半袖のポロ・シャツからのびた両腕を抱えるようにしている。浮浪者はみな、起きるにせよ横たわるにせよいつも体を抱えるようにしていることに彼女はふと気づいた。背広を着ている人間では見かけない姿勢だ。

「刑務所での通貨は何かしっているか。通貨の性質を考えるとわかる。数が不変で、持ち運びできて、安価だが偽造しにくいもの。それで取引するわけだ。一個につきゆで卵なら三十個、タバコなら五箱、運動会の代理出席は二回、そんなふうにさ」


葦の、見慣れた群生地にさしかかったとき、それはかつてあった支流を細くきりつめ宅地を広げたためにこのおだやかな川にしては激しい流圧をうけるいち地点として彼女が注意している所だったが、一羽のカワウがくろぐろとした羽根を広げ、側溝の雨水を流すために川壁にあけられたコンクリート製の排水管から飛び立った。

「おい、少しは考えろよ。石鹸、こたえは石鹸だ。ひと月にひとり二個ずつ支給されるから始まりはみな平等。まさにおれが求めた世界だ。ちゃんと『銀行家』もいるんだぜ、そいつに石鹸を預けて貸し借りもする、帳簿だってつける。信用が大事だからな、懲罰房に入れられたって『銀行家』は絶対、帳簿についてくちを割らないんだから……」

排水管に近づき、伸びあがるようにして中を覗きこんでいたアリチャイの行動に興味をひかれたのか、ようやくくちをつぐんだヨハネ四郎は遊歩道と川岸をへだてているフェンスにしがみついて足元の様子を注視する。


排水管のなかには折りとられたスギナや葦、やわらかな水草を編んだ巣が営まれていた。背伸びをしながら側管に頭と肩を突っ込み、めいっぱい腕をのばして中をさぐっていた彼女は、ウワワワウワワワワと声をあげた。驚いてフェンスを越え、するどく傾斜したコンクリート壁へと尻をすべらせながら、ほとんど落下するようにヨハネ四郎が下りてくる。あとずさったアリチャイに代わり、広島カープの野球帽を半回転させてつばを後頭部がわへおしやるとマンホールほどの大きさの側管へ頭を突っ込む。巣の中には、二羽のカワウの幼鳥が、みどりの目を見張って身を寄せ合っていた。「なんだ、水鳥の巣か……」

つぶやいた彼に答えるでもなく、アリチャイは首を振った。

「カワウが高い木じゃなくてこんなところに巣をかけるなんて大変、どうしたものか。これはまずいことになった。どうなってるのか」

せわしなく周囲を見まわしながら途方にくれるようすの彼女に、ヨハネ四郎はそんなにえらいことなのか、と小声でたずねる。

「おととしくらいからおかしなことばっかりだよ、二十年も夏枯れしなかった洲の黄色い花が梅雨明けに全部萎れたり、鳥とか魚のすごく臭い死骸が沈んでたり。浮くんじゃなくて、沈んでるんだよ。水嵩が冬でも変わるし」

アリチャイは言いながらも総毛立つような怖気を感じた。

「カワウは川のことをいちばん知ってる、はずなのにこんなところに巣を」

震えだしたアリチャイの顔を注視していたヨハネ四郎は考え込んだ。しかし考えはもうひとりの自分へ向けて語られていたので小声とはいえすっかり口から漏れ出していた。

臭い死骸？　カワウの巣だって？　しかしだ、この原始人みたいな女の、川のなかでの立ち方の確かさときたらどうだ　妙に世間ばなれしているところもあればインテリみたいなことも言うとにかく、こいつの本気は疑いえない　おれのかつての仲間と同じものがあるぞ
ならばおれはこいつを信じなきゃいけない！

「なにがこのカワウの雛どもにとって問題なんだ、え、ほかのことはいったんよそに置いてさ」

うって変わって妙に親切な口ぶりで話しかけてきたヨハネ四郎に、彼女は警戒しながら応じた。

「真夏に必ず大水が出る、今年は水から土の匂いがするし濁りもひどいから上流、たぶん柳の根方とか谷からも埋めてた川が出てくる。赤い花のまとまった所はもう膨らみ始めてるから崩れるよ、そしたらあの」

彼女は新造された宅地に狭められた支流の今は柔らかな舌のような流れを指さす。

「変なところから粘る水が来て」

そのまま指を排水管の中へ動かした。

「まだ飛べない鳥を溺れさせるよ」

「おかしなことを言うやつだなあ、まるでシャーマンだ」

彼女が眉間にありありと苦痛をあらわしたので、ヨハネ四郎が取り消そうと口をひらきかけると、

「シャーマンじゃない。『女族長』はたしかにそういったし、『しるし』もあるけど……。『精霊の声』がきこえないから」

アリチャイは自分の左目を示し消沈したそぶりをみせた。

そこに眼球はあるが、墨いろの虹彩の辺縁はゆがみ、手前の眼房に白い結晶がこごっている。女族長ときたかあ、と嘆息したヨハネ四郎は彼女の指さす『しるし』を、失礼にならない程度に横目でながめながら今度は黙って続きを促す。


世田谷区では毎年、十一月初旬に「動物フェスティバル」なる催しが緑地公園の一角で行われる。世田谷区と獣医師会が共催し、移動動物園や盲導犬の展示等、さまざまの出し物が供されるその中に、猛禽の飛行ショウが組まれている。

彼女の母『女族長』は当時七歳だったアリチャイを連れ、見物に連れ出した。それは漆喰壁の

重々しい古い土蔵のような旧建築に隠棲していた母子にとって異例のことだった。あるいは一族の当代として、娘が川と土からの「大いなる声」を早く感得できるよう、さまざまに特殊な教育をほどこしていた母『女族長』の実地訓練を兼ねた教育の一環だったのかもしれない。

アリチャイは、初めて見る色とりどりの風船や、脚の長い道化師、ポニー、そして大音量の音楽とひっきりなしのアナウンスに目を回して何度もしゃがみこんだ。

急ごしらえの棒杭を頼りに摑み、膨らんだ胸の上に顎をつけ羽根を畳んでいるフクロウやイヌワシは大きな目を見開き、見物客の背後に広がる丘と、そこにあるヒマラヤ杉のひと群らを凝視しているようだった。

アリチャイの胸にさびしさがこみあげた。彼女の遠い仲間、南米にいるはずの一族があたりまえに聴くという草木の声が、猛禽やサルたちの視線やふるまいから得られるはずの根の交感が、彼女には与えられなかった。彼女に語り掛けてくるはずの確かなものたちは今、お互いを結ぶ円環から彼女をはっきり斥けている。

しぶる母『女族長』にねだって買ってもらった色つきの甘いジュースのせいだろうか、出店のお姉さんが手首に巻いてくれた、文字の書いてあるゴム製の腕飾りのせいだろうか。

猛禽たちはみな、金属の肢環をつけ、そこから伸びた伸縮性のワイヤーで棒杭に結びつけられている。かれらはワイヤーの長さを自分の全空域と納得しているのだろうかとアリチャイは疑った。

曇天から耐えきれなくなったように細かな雨つぶが落ちてきはじめ、四方向へ楽しげな音楽を放っていた大きなスピーカーが、イベント続行の可否を運営本部が協議している旨をつたえる。屋外展示されている猛禽たちがちいさな水滴を頭や風切り羽根にびっしりまとわせながらこころもち伏し目になって数メートル先の芝生を見つめるのを、アリチャイは悔しいようないたたまれなさを感じながら見守った。

やがて、予定されていたデモンストレーションを、短縮するものの予定通り実施することが伝えられ集まった人たちからぱらぱらと拍手がおこる。

腕組みをしながら成り行きを注視していた母『女族長』はアリチャイを見下ろし、腕をほどいて彼女を自分の腿へ引き寄せると肩から羽織っていた仕立ての良いウールのケープの下へ庇った。アリチャイは動物番組のドキュメンタリー映像で観た、ペンギンの親鳥がブリザードを避けて子を羽毛の中へ引き込むしぐさを思い出し、嬉しさに胸が痛いくらいだった。

猛禽のショウは十五分間のみと前置きしつつ、十メートルほど隔たった二本の杭を、鷹匠に指示され鳥が行き来すると予告された。わっと集まった人々を乱暴にかき分け眉をひそめられてもものともせずに仕切りのロープぎりぎりの先頭へ陣取った母『女族長』は、重く厚みのある手をアリチャイの両肩へ置く。

ノスリとイヌワシが一羽ずつ選ばれた。

下がった口角をきつく結んだ老人が、曲げた肘あたりへとまらせたノスリに目くばせする。彼がわずかな動作で猛禽の肢を跳ねさせるよう肘をあげると、はずみをつけて中空へすべりだした鳥は意外なほどのやわらかさで空を打ち、肢環のワイヤーを引きながらもあっという間に杭へ至ると大気を抱くように羽根を丸めてもう棒杭をつかみすんなりと胸をそらしていた。

一拍おいてため息まじりの歓声がおこり、アリチャイもなにか涙ぐむような心地がしてオオ、と声をあげた。

ノスリは同じことをさらに二度繰り返し、観客は事前に含められていた注意にしたがって拍手はせず、ただ賞賛の息をついて鳥と老人の労をねぎらった。

ノスリより一まわり大きいイヌワシが、今度は愛相よく周囲へ手を振りながらあらわれた中年男の革手袋に乗せられ運ばれてくる。小さな肉片のようなものを与えられ呑みこんだ鳥は胸元の豊かな羽毛から長く頸をめぐらせて周囲をうかがう。男の肘で合図されたイヌワシはしかし、バランスを崩しつんのめって羽根をはばたかせるものの一向に従う様子を見せない。見物人たちから苦笑がさざなみのように起こるなか、アリチャイは胸騒ぎを覚える。かつて大きな果物くらいの猿だったわたしの祖先は、このうろこがはえたような力強い肢の爪になすすべもなく摑まれ、ついばまれたのでは？

シイッとわれしらず声をあげた彼女のほうへ金色にふちどられた目を向けたイヌワシは、太い腿を引き絞りいったん深く沈み込むと、背と頸を一直線に伸ばし風切り羽根を後ろへ流すように打ったかと思うと、アリチャイの眼前へ一瞬で肉薄し、蹴爪を彼女の眼球へ突き立てた。

空中で静止するため広げられた羽根で目の前がいちめん覆われた、それがアリチャイが両目でみた最後の景色だった。

「そりゃ、お前、確かに『しるし』だ。母親も興奮したんじゃないか？　にしても大けがだったなあ。それでどうした」

ヨハネ四郎が感心したような声をあげたので、アリチャイは宗教の信者とは誰しもこういった『選別』や『啓示』の物語を易々と受け入れるものなんだろうかと思った。

「母『女族長』にとっては良かったところと良くなかったところがあるよ」

川下にむかって再び歩き始めながらカワウのことを気にかけつつ彼女は続けた。

「お察しのとおり、母『女族長』は名前もつけずに南米から連れ帰ってきた赤ん坊を空港のゲートでとがめられて、急にワッと泣きだした声がトリのようだったからとその場で急ごしらえにつけた『アリチャイ』、現地語で鶏という意味の名前からしてすでに偉大なる運命からの啓示だったに違いないと病院のログハウス風のベンチでまくしたてていたよ」

母『女族長』は抜け目もなかった。フェスティバル主催の世田谷区と獣医師会、猛禽の飼育者である「鷹の里ぐるーぷ・草笛」を相手どって訴訟を起こし、かなりの額の慰謝料と月々の手当て、障碍者手帳を勝ち取った。しかし、出生届を出さずに七歳にもなるまで娘を自家教育し、一切の社会的接触をもたせてこなかった事実も露見した。そのため一時期アリチャイは養護施設へ行くことになったが、弁がたち、その当時すでに私立大学の教授となっていた母『女族長』の、娘の肌色や顔立ちによって差別を受ける不安から犯した過ちだったという訴えはある程度勘案され、彼女は母親の手元へ戻された。

「とんだ女傑だ！　だがおれの仲間にもそういうタイプの女がいてな、普段は地味に黙り込んで、ライフルを担ぐようなリーダー格の女の世話とかをしてるんだが、イザというときにはビビるメンバーたちをおしのけてノッソリ出てくるや問答無用でズドンとやるんだ。気を悪くするなよ、『女族長』は美人とかじゃないだろ？　たぶんそうだろう？　で、インテリなんだ。あんたにマリオ・サヴィオのスピーチを教えたのも母親だな。そういう女にはでかい亀みたいな、梃子でも動かないプライドがあるんだ」

独特な感想をもらしたヨハネ四郎の決めつけが、なにがしかの真実も含んでいるように思えつつも「ズドンとやる」のが何なのかアリチャイにはよくわからなかった。そして「大亀のようなプライド」？　それは思い当たる。母『女族長』の深い愛情を疑うわけではない。「お前は選ばれた特別な人間、そこいらの愚かな人間たちを信じてはいけない」という言葉にはだまし絵のように「偉大なる自然、その導き手なる特別な母『女族長』を信じよ」という地がある。いや、どちらを強調するかで地か図かは逆転するのでは……？

落ち着かない気分になってきたアリチャイは強いて日課である川の探索へ集中しようとし、歩きだした。

「おい、怒ったのか。それはちょっと狭量ってもんだぜ、おれがいちばん言いたいのはおれがあんたを信仰することに決めたってことだ」

ふいに彼女のふくらはぎを白い腹をさらした数匹の小さな赤鮒がかすめ、ゆるく回転しながら川下に流れて行った。縁日に売れ残り、投棄されたに違いなかった。本来、黒く強く大きいはずの魚が紅筆で刷いたようにも弱々しい一筋となって水にもまれてゆくのを彼女の浅黒い肌は火花の散るような熱い痛みとして感じた。その瞬間、アリチャイのなかで母『女族長』が急激に退き、そこへ川が、ただ高い土地から低い場所へ水が流れ下るだけのこの一連の運動があふれかえった。

汚れて臭気を放つことよりも、堤や堰、標識とフェンスと橋でまとめられることが川から霊性をはぎとっていたが、それでもなお、生死のこもごもをはらみながら身をくねらせ続けるこの単純で大きな運動が、いま彼女の基礎になりつつあるとアリチャイは感じた。

「アンデレも一緒に信仰させよう。もうアンデレじゃないな、ただの犬だ。あんたが名づけてくれ」

犬は二人から距離をとり、川岸の遊歩道をうろうろしている。ところどころ抜けかけた下毛の塊がワタのようにくっついている。その様子は低木につく花のようだった。

「むべの花に見えるから『むべ』にする」

アリチャイが宣言するとヨハネ四郎は感激したように頷いたが、犬にはとくに何の変化もなかった。

「おれは蓮四郎でいいな？　おれはあんたを信仰する。カワウの雛についても協力する。だからおれの話を聴いてくれ。報われなかったおれと革命の同志の話を」

彼女は重々しく頷いたが、精霊の声も聴いていないのに話がどんどん進むことにいささかの不安も覚えた。

ひざ掛けの上でルモンド紙を広げている母親は、うとうとしてはとり落としそうになり再び紙片を握りしめ、という動作を繰り返している。目を覚ますと、このサンルームの一角で行われている入居者たちの遊戯、ルーレットを用いた賭博ふうゲームを横目でにらみ、ため息をつく。賭け金は施設内でのみ利用できる通貨で、数人が参加している輪からはたびたび歓声や落胆の声があがっている。

「先生も参加しませんか、みなさん先生に来てもらいたがってますよ。それともあっちのカラオケ大会はいかが？　古賀政男とか、美空ひばり……」

施設内で『先生』と呼ばれている母親は職員に促されると苦笑し、新聞を振って拒絶をしめす。

「みなさん楽しそうでいいじゃありませんか。大変結構、でもわたしは遠慮しとくわ。論文や講演資料の準備がたくさんあるので。声だけもう少し控え目にしてもらえると助かるわね、集中したいから」

承知しました、と神妙に応じ背筋をすんなりとたてて立ち上がった女性職員の秘書のようなそぶりに満足したのか母親の目はまたルモンド紙の見出しへ注がれる。

アリチャイは川のなかで感じたことや、自分のことを信仰すると言った浮浪者、むべと名づけたノラ犬について語りたいと思い、母親の室内移動用車イスの車輪を抱えるようにしゃがみこんでいたが、母親は彼女を施設職員のひとりと認識しているらしく、気にしつつも目を合わせないよう礼儀をつくしている。

職員から渡された刷り物を所在なく爪繰りながら、今日のおやつと書かれた欄の「さつまいもとリンゴの蒸しパン」を何の気なしに読み上げると老女の目が見開かれた。

「これから？　蒸《ふ》かしたパンがでるの、リンゴの」

「さつまいもも入っているみたい。夕飯はアジの南蛮漬となめこのみぞれ和え、す、すいとん？に、びわのゼリー」

「ゆっくり言ってよ、ソーセージはでるの」

添加物の多い練り物など娘に与えないのみならず自分も決して口にしなかった母親だが、施設の給食に供されたソーセージをいたく気に入り、献立にソーセージが組み入れられているかいつもたずねるようになった。

「きょうは、ソーセージは、ない。来週ミートローフが出るらしいよ」

失望をあらわにする母親にアリチャイはもの寂しさと同時に、穏やかないとおしみも感じた。大きな車輪へ手をついて立ち上がった彼女をあらためて見上げるようにした母親は急に気づいたように、

「その目、どうしたの。ケガ？」

その言葉に娘はもういちどかがみこみ、老女の両手首を自分の手のひらの重みでおさえるようにして正面から視線を合わせささやき声で言った。

「わたしはアリチャイ。この目はイヌワシの爪にえぐられた。精霊の声はまだ聴こえない。でも川はおかしくなっている」

老女の両目は白内障でやや濁っており、そのうす青く見える瞳孔が散漫に揺れている。しかしその奥に、ばらばらに解かれてゆくものとそれを押しとどめようとするふたつの力の格闘が見て取れた。

「アリチャイ」

母親は妙に野太い声を出した。

「なつかしい声が聴こえるよう、しっかりやりなさい。おまえは特別な、儀式……」

ふいに彼女は口をつぐむ。唇をまきこむようにしたので言いかけたことをとっさにおしとどめたように見えた。認知症が始まりかけたころよく見た、三本指で額をこするようなしぐさを繰り返し、ハア、と息をつく。

「かわいそうに」

母『女族長』はしみいるような声をだし白髪を揚げている黒いヘアーバンドを外すと、ぱらりとふりかかった白髪の下でかたく目を閉じ首をふる。ヘアーバンドを握ったまま手の甲で眦《まなじり》をおさえ、うっすらしみだしてきた涙をおさえたようすにアリチャイは頸の血管が激しく脈打ちはじめるのを感じた。

ラジカセから流れる歌謡曲や、ルーレットの賭け時間を締めるベルの音、湯気たつ蒸しパンの甘い匂いなどで裂かれていきそうなかそけき記憶の道をよろめき辿る母『女族長』の表情はかつて見たことのないものだった。

「かわいそうに。でも、見てなさい、責任はとってみせる」

「お母さん、どうしたの。なんの話をしてるの」

「すみませえん」さきほどの職員が、上半身を傾《かし》げながら控え目に割り込んでくる。「面会が今、こんな時期なんで三十分だけで、ね、すみませえん」

ぎりぎりまで張られていた時間の弦がゆるみ、老女の全身から悲壮が、彼女のたぐろうとしていた記憶とともに潮のように退いていくのを感じたアリチャイは、職員の姿を遮るように母親の視界へ自分の身をねじ込むと、わざと重々しい作り声で車イスの老人を叱りつけた。

「族長、女族長、両目を開いて川を見よ。アリチャイの何がかわいそうか？　族長は何の責任をとるか？」

母『女族長』は身震いし、所在なく手元のルモンド紙をもみしだきながら口をまごつかせる。蒸しパンはリンゴだけ？　まぼろしの　影を　慕いて　ソーセージはきょう出るの
「本当の言葉は少ない、本当の言葉しか覚えてはいけないと女族長が言った！」

いつの間にか周囲に人が集まっていた。孝行娘の『優子さん』が母親と揉めている……

母『女族長』はあたりへ首を巡らせると、単純な反感を口元にあらわして、

「出席カードの提出は授業の最初と最後にあります。席につきなさい」

急によどみなく話しはじめた彼女の目には理知が宿り、しわがれてくる声を何度か咳払いで通しながらはりあげる。

「言語に先立つ物質的進化はそれが偶発的なものであるほど人間の言語およびそれに付随する認識を拡張・深化させ……」

母『教授』が自らの発表した論文のうち、最も評価されているものの冒頭をそらんじはじめたのをしり目に、アリチャイはサンルームを足早に出る。

プライド、母親の高いプライドの根拠となっている学歴が、知性が彼女を特別な存在にしてきたのであるし、それはアリチャイが母『女族長』を信頼するようすがにもなってきた。

しかしいま、それは揺らぎ始めている。

部族の長の若く美しい息子が……
ソーセージはでるの　蒸しパンは
五十歳を過ぎていたけどすぐにおまえが出来た
まぼろしの　影を
三十を過ぎたあたりからアリチャイのなかに、そんなはずはないだろう、という声が響きはじめていた。待ち望む精霊の声ではない、ただの自分の声だ。
おそらく自分はあの人が南米の先住民からもらうか、買うかした子なのだろうというおぼろげな考えが、輪郭を際立たせていった。自分の来し方も行く末も、ある「大亀のようなプライド」を養うひとりの女性の作った物語の一部なのかもしれない。
アリチャイが七歳まで、土蔵を改装した家とアマゾンを模した植物を植えた温室のある庭で施された教育は、のちの裁判で『虐待』と表現されていたがたしかに国語でも算数でもなかった。
南米、アフリカ、東南アジアに住まうという、今でも精霊と交信できる本当の人類の言葉が、その土地の土や水がそれぞれの木を育てるのと同じように作られてゆく、そんなことばかりだった。たやすく商品になるような言葉や知識を斥け、本当のものだけで人間を創造するのだと勢いこんでいた母『女族長』の実体は、ソーセージや流行歌を愛好し、若く美しい異性から向けられるという好意を捏造する俗人だった、その思いがアリチャイを何より打ちのめす。

川べりの遊歩道にでたアリチャイの顔へ、施設のおもてを流れる大河川から昼間の熱気をふくらませた強い風が吹き寄せる。対岸のマンション群は宵闇にくろぐろと大きく、きらきらしい照明に彩られ、アリチャイは初めて川をみすぼらしく感じた。堂々たる山並みのような建造物たちを際立たせるための川、公園の噴水と変わらない。

俗人が子どもを調達して聖人を創る

なるほど、河川も木々も獣や魚すら自分にたいしてよそよそしいはずだ。

アリチャイは目を見開き、川からの風をその粘膜いっぱいに受け取ろうとする。しかつく眼球を護ろうとさらさらとした涙がいくらでも溢れ、頬と耳を横切り背後のフェンスへ散っていく。そして、自分のなかで味噌に煮込まれた鯉や鮒が、青いバナナが、イヌワシの爪とからみつく水草、水面のたてる音とにおい、足裏をおしかえす水底の礫石《れきいし》が、新たな根拠となりつつあることを彼女は知った。口からは勝手な言葉が、次々とこぼれ出でた。

「おおアルマジロの雨、黄金猿の雲、赤い五本指よ、倒立して大蟻の地面をつかみ、青いあなうらは魚の群れなす空を踏め」

よし、と彼女は思う。よし、大河川の精霊たちが姿を変えて熱帯の木々の上空に湧き立つ雲の皿からここへ、この都会の川へやって来る日はちかい。

この川、木と草、生きものと祖霊たちはこちらへ語りかけてはこない。かれらはいつも、フェスティバル会場で繋がれていた猛禽たちのようにも、遠い連峰を望むがごとく彼女を通り越したさきにあるものへ集中している。

なれば精霊の直感を借り受け、彼女も祖霊たちの集中している方角へ意識を向けるしかない。のぼせるような、涙ぐむような興奮が背骨をじん、と痺れさせる。彼女は指を口のなかへ突っ込んでポン、と頬を鳴らしたり両足を交互に後ろへ伸ばしてどこまで届くか試したりした。それは生まれたての雛が自分の体のあちこちへ嘴《くちばし》を挿しいれてはあらため、飽くことがないのと似ていた。

せわしなく体を動かし続ける彼女を、虹色の遮光メガネをかけたジョガーが横合いを駆け抜けざま、まっすぐに首をたてつつ何度か見返った。

二十メートル四方ていどならば粉々に吹き飛ばせるというその爆弾はホタテ貝の印刷されている発泡スチロールの箱へ納められている。

少なくとも蓮四郎の、自分の内臓を差し出すようにも苦痛にみちた告白ではそうだった。

だからこそ煮炊きは必ず屋外（三畳ほどのやはり発泡スチロールとブルーシートで建造された

この居室を屋内というならば）で行うし電気も引かない、そうつけたしたことが妙な迫真性を加えていた。

それが彼の信仰告白なのらしく、ひざまずき十字を切りそうになった手を中途半端に空で止め、うなだれて両腕を重そうに肩から下げた。

アリチャイは爆弾にあまり興味をひかれなかったが、それがこの元革命家を自任する浮浪者の核心であり、彼女における精霊とひとしいのだと考えた。

「大水が出たら爆弾であの造成地をトばそう。そしたら埋められたもとの流れが恢復して鳥の雛も溺れずにすむだろ？　おれはそういうことがしたかったんだ。ベトナムの子どもたちにできなかったことをここで、やるんだ」

アリチャイは居室の入り口から遠いほう、つまり一応の上座に座り、蓮四郎が目の前の大河川からタモで掬ったというハゼの煮込みをむしゃむしゃ食べながらうなずいた。

「おれは十六歳でもう大学生たちといっしょに運動してたんだ。いつでも腹が減って眠くて、痛かったが、踏ん張った。カラー雑誌で見たベトナム人の子どもの焼け爛れた全身がおれの根拠だった。ビラを刷ってるときも夜中のピンク映画館でうとうとしてるときも差し入れ用の熱い塩むすびを握ってるときもおれはずっと怒り狂ってた。だれもかれも怒りを忘れていったがおれだけずっと怒ってた、いや」

蓮四郎は自分の両腕をなでさすり庇いながら慎重に続ける。

「不具になった仲間と、死んだ仲間はずっと怒ってる、そう思うね。当時の仲間のうちには結婚してなかなかの企業人になったやつもいる、ひとサク五千円の鮪なんかを食ってる奴もいる。高級魚のことを言ってるんじゃない、いいか、問題は忘れたことだ、そうだろ」

急に哀れっぽい声になった元革命家は黙って聞いているアリチャイにたずねる。

「なあ、あんたはどうやって祈る、死んでも怒ってるやつらをどうなだめる……」

ブルーシートを雨つぶが叩く音が響き始めたので、彼女は直接さじを突っ込んで食べていた鍋を蓮四郎へおしつけると、ブルーシートの隙間から頭をねじ込んできたノラ犬むべと入れ違いにおもてへ出た。雨を避けて鉄橋の下へ据えられている小屋の片側へ、強風に運ばれた細かな雨滴がまといついている。

川原の石間へひたひたと這い入る水が細いすじを作りながら柔軟にそここへすべりこんでいくのを見ると、彼女はすでに水を含みしっとりと濡れはじめたケープ、母親からゆずり受けた元は上質な、いまや虫食いとほつれだらけの黒いウールのケープを羽織る。鍋の残りをむべに与えてから出てきた蓮四郎は、アリチャイが何か黄色い小さな塊を目と口周りにぬりつけているのを認め、呆れた。彼女の持っていたのはクレヨンで、母親が「儀式」でたびたび用いた植物の汁を代用したものだった。

小屋の建てられている川岸を少し遡上するとアリチャイの見張っている川の支流が合流する地点へ出る。

鵜を模したアリチャイが水勢の増しはじめた川をたったとのぼってゆくそのあとに、広島カープの帽子の上から建築用資材の、麻地にビニールコートが施されたシートを雨具として被った蓮四郎が続いた。

途中、流れの急になるあたりでサンダルの足をとられた彼は、残念そうに川岸の砂利や段差のついたブロックを選んで歩いた。

眩しいような白い空から霧雨はいくらでも降り落ち、音をたてずに水面へ溶けいった。風が雲を押し流し、かさをかぶって滲む太陽が現れてはまた隠れ、そのたびに温められた草むらから蒸れた匂いがたちのぼった。

「夜の力よよるの血から、昼の寛容よ葦のひとたばに、緑の蛇の川渡り、石の裡は奥へ奥への中心点」

黒いケープを急に振り立てたりしながらますます足を速めはじめた彼女の口からもれ出でることばのそれぞれへ注意ぶかく耳をそばだてていた蓮四郎が控えめに疑問を投げかける。

「それはいったい何だ、あんたの部族の祈禱かね」

「デタラメだよ」

意気揚々とアリチャイが応じたので蓮四郎は少しむっとしたようだったが、彼女の速度についていけなくなったのか息をきらせはじめ少しずつ彼らの間には距離がひらいていく。

「蓮四郎もデタラメを言うといいよ、ここいらにはちょっと祈りが多すぎる、デタラメを言うといいよ」

ほとんど水しぶきをたてず、水中へつま先を次々さし入れていくように進むアリチャイの背を追いつつ、祈りが多いって？　慰霊や鎮魂の作法を教えてくれるんじゃないのか、デタラメを言えだと……と彼は苦し気につぶやく。

足をもつれさせ、川岸をゆっくり歩きながら誰にともなく言葉がもれはじめる。

「覚えてるか、岐阜の刑務所は暑くて暑くて眠れなかったな。でも上っぱりをすっかり脱いじまうと懲罰だからこう、ほとんど捲り上げて頸にマフラーみたいにひっかけて何とかうとうとする。閉じ込められた感じはしなかった、上も下もない広すぎる所に浮かんでる感じ。おれは怒ってなかった、恐がってた。おれがこんな辛い思いをしているのをだれも知らない、見ていない、それが骨身にしみて恐かったろ。あの女学生が言ってたみたいに神様の大きな目が見ててくれると感じたら急に楽になった、また怒りを取り戻せた、そうだったろヨハネ四郎」

自分が涙声になったばかりか、垢じみた目じりや固く日焼けした頰を霧雨とは別に温かい涙が濡らすのを感じ、彼は鼻を鳴らして小さく笑った。

「かわいそうだなあ、蓮四郎、かわいそうだなあ！」


カワウの幼鳥二羽は親鳥に見放されたようだった。巣のかけられている排水管を覗き込んだアリチャイは穴へ斜めに差し込む光を受けたかれらの胸が舟の竜骨のようにもするどく立っていることに気づく。巣の周辺には一面、白いペンキにもみえる糞が散り、かれらは緑の目を半ば閉じてお互いにもたれかかっている。この二羽に生き抜く見込みが薄いのか、ここにやがて水が来ることを知ったためか、親鳥の判断はいずれにせよ正確に違いない。

風穴《ふうけつ》のように冷たい風が重く鳴る排水管に頭を突っ込み彼女はしばらく思案したが、鵜の声を真似て励まそうにもその鳴き声に思い当たらず黙りこむ。いったん頭を抜き取り、かれらの視界に入るよう工夫しながら両腕にまといつくケープを翻してみせても鳥の子らはじっとうずくまり動かなかった。

アリチャイの胸に迷いがこみあげる。この二羽に魚を運び飛びかたを教えるのは、この川のこんぐらがった事情をさらにもつれさせることになるのではないか。

造成された宅地を爆弾で吹きとばし、本来の流れに戻すことにはある一定の理があるように感じられる。だが川を知りつくす大きな黒い鳥、緑の目と黄色いくちばし、糸巻き型の体をもつ鵜のなした決定は川の決定でもある。どんな根拠でそれを覆すのか。蓮四郎の言う「ベトナム人の子どもの焼け爛れた全身」のような根拠があるか。

ある。この竜骨のようにもするどくせりだす胸の両側にほんらいあるべき厚い肉を削いだのはこの川の祖霊と交感できなかった自分かもしれないのだ。

足を曳くようにしてかなり遅れ、巣の目の前にある葦の中洲へ至った蓮四郎はどこか脂の抜けたような表情をしていた。

「蓮四郎、この鳥の子らに魚を運ぼう」

「うまくやればライギョだってとれる」すかさず彼はうけあった。

いつの間にか強くなっていた雨が盛んに川のおもてを叩き、水嵩が増して川岸の杭を下から三つまでも覆っている。

一部が石ごめに造られた護岸へ片足をかけ、対岸の造成地を見やった彼女はやや上流のコンクリート壁の、垂直な部分を指さした。

「あそこを爆破したらいい」

「あっちの宅地の真下じゃなくてか」

声をひそめた蓮四郎に向かい、手を振って違う、と示す。

「淵をつくって流れをばらけさせるんだよ、水の流れはたくさんの蛇がうねるみたいなのがいい。いまの川は大蛇が一匹みたいでよくない」

「わからんがあんたに従おう」

蓮四郎が小屋にまだいくらか残されているはずのハゼを持ってくると言うので、彼の年相応に疲労したようすをみてとったアリチャイは首を振り自分はここでなんとか魚をとるので帰って休むよう促した。

「じゃあ、おれは上で雨を避けてるよ、悪いな。その、あんたが魚をとってるあいだ、しゃべっていていいか。人間ってのはどこでも話さずにはいられない生き物なんだなあ。どうせデタラメなはなしさ。返事はしなくていいから……」

アリチャイが頷き、そのまま流心へと脛で水を漕いでいくのをじっと見ていた彼は、砂洲へ渡り、そこから杭をつたって護岸上の遊歩道へのぼると、フェンスとコンクリート壁の狭いすき間に尻を据えて両足をおろした。

彼は広島カープの帽子をちょっと上げ、薄くなった頭を何度かなでつけると、帽子のつばを持ち、そろえた腿の付け根へ丁寧に置いた。頭の上から建築用資材のビニールシートをかぶり、小さなテントのようになった蓮四郎はちょうど足元あたりにある排水管の、鵜の子らを驚かせないよう慎重な声音で話す。

「世界同時革命！」

アリチャイの足は流水を8の字に切りながら踊るように進み、両腕を左右に広げて平衡をたもつ。流速の増した川の中央で、小さな魚がいくばくか、流されないようにその身をくねらせている。彼女はかがみこみ、するりと手を差し入れるとわずかな水滴を散らせてもう手のひらほどの魚を一匹、とらえていた。

「見事なもんだ！」

感嘆の声をあげた蓮四郎を彼女は無言で見上げ、唇で吹くしぐさをもって大声を出さないよう注意した。

排水管へ上半身を突っ込むようにして二羽のカワウのうち一羽の頸をつかんで手前へ引き出し、嘴の端を魚でつついてみても幼鳥は口を開かない。人差し指と親指を嘴の両端へねじこむようにしてこじあけると、魚の頭を下にして喉のおくへ押し込む。鳥はそこで初めて羽根をばたつかせ水かきのついた肢をもがいた。

彼女はふだんのかれらの食事風景に思い当たり、両足で地面を踏みしめられるようにかれの体を持ち替え、魚を飲み込むときに真上へ向けた喉を動かすためにも両羽根をばたつかせられる空間をとって身をよじる。

カワウの子はそれでも難渋しながらなんとかちいさなそれを飲み込んだ。よし、よし、とつぶやき再び川へ踏み入る。

「世界同時革命だって、もとは痩せ鳥の雛に腹いっぱい食わせてやりたいのと同じさ、わかりやすいだろ。なのにおれは……。刑務所で大晦日にカップ麺のソバが出る、緑の蓋の有名なやつさ。そんなことがもう楽しみで楽しみで、一週間まえから頭が痛くなってくる。何と言ったらいいか、その時の気持ち。おれの苦しみは何だ、いや、革命に殉ずるのはいい、本望だ。だがなあ」

蓮四郎の小さく奥まった目が何度もまばたきを繰り返す。しかし突然、何か二つの場所を行き来していたような迷わしげな表情がはっきりとし、それは一方を切り捨てることを決めたためと思われた。

「いや、おれは泣き言は言わないぞ。自己批判もしないしあわれみもしない、おれは最後に残った革命の闘士、一千度の憤怒をもった爆弾男。そこの宅地に建ってる低層の高級マンション群を、労働者の血をジャンジャン注がれて育った高価な酒を浴びている資本家どもも粉々に吹き飛ばしてやる」

「淵を作って流れをゆるめるだけでいいんだけどなあ」

アリチャイが控えめに発した言葉はビニールシートを被って雨風を避け、サンダルの足を小さく丸めこんで肌寒さをしのぎつつ重々しく言い募っている一千度の爆弾男には届かないようだった。

「この奇妙な女、イヌワシの『しるし』がある女をおれは信じる、外人の神さまはもう終わりにする。爆弾があいつらへの鎮魂だ、爆弾がおれの革命、おれの肉体と精神、おれの神さまだ、半世紀燃え続けた一千度の火が導火線を駆け上るぞ！」

彼女は爆弾男の、しいて厳かさを演出したような造り声を聞きながらしょぼくれていた浮浪者が元気をすこしずつ取り戻していく様子を頼もしく感じ、同時にこの川、のみならず彼女が見てきた流域の河川に足りないと常々感じてきた呪いの力が、風邪でもひきこみそうな弱々しい老人から吹き零れ、注がれてゆくのを前向きな驚きとともに受け止めた。

母親が救急病院へ運ばれたのは初めてではなかった。当面の手当てを受けたのち、いつもの手はずでかかり付け医のもとへ戻された彼女は、意外なほど力強く車イスで動き回っている。

しかし長い年月を血管拡張剤と強心剤でもたせてきた彼女の心臓はいま、駆出率が三割を切らんとしており、それは源泉の涸れようとしている湧水で、しかるべき流路をしかるべき勢いで辿り、道々の植物を養う本来の力がいまや失われつつある一本の川と同じなのだと、患者とともに年老いてきた女性医師は告げた。

シャーカステンへ差し込まれている、雨の窓辺のように優しくにじむ胸部レントゲン写真やじっさいに活活と動き回っている心臓のエコー画像よりも、しわを刻む医師の大きな手が母親の心臓とあらわした架空の灰色の肉の一かたまりを、つぶさぬように注意深くつつみこみながら、脈に合わせて指をゆっくりと拍動させてみせたその動きに惹きつけられ、アリチャイは母親の遠からぬ死を思った。

そして、老医師の手の上にある母親の心臓、そこから送りだされているはずの、自分へ連なる血液の源流をさぐろうと我知らず手を掲げていぶかしげな表情をされた。

「お母さん、お塩の少ないソーセージを買ってきたよ。カスタードクリームの入った蒸しパンもあるからね。先生には秘密だよ、優子と母さんの秘密だからね」

車イスを押す手が加わったために速度を速めた動きを面白がった老女が歓声をあげる。その耳が好物の名をとらえ、紅潮した頬が幼くほころぶのをアリチャイはほほえましく見た。鵜の子の飛行訓練、川の増水と爆破計画、流心に群れるドジョウの背といったことはもはや一言も口にしなかった。


この古い病院は、以前あった国立の総合病院が小児・発育専門病院へ経営転換したさいに旧国立病院内の循環器科、泌尿器科、眼科、歯科などがかつての病院の真向かいにあった雑居ビルへまとまって移転し作られたもので、アリチャイもまた、かつての事故のさいここの眼科へ運び込まれたのだった。

しばらく前から痛みだした左目を診察してもらうため彼女は母親の面会の前に別の階にある眼科を数十年ぶりに訪れていた。木枠で囲まれた受付や、天井付けの大きな音をたてる扇風機、小さいときに恐いと思っていた目の断面図は変わっていない。以前座ったのとおなじログハウス風のベンチへ座っていると、診察室の中から若い声で名前を呼ばれた。

ふだん電子カルテに親しんでいるに違いない三十代前半とおぼしき男性医師は、先代の手らしき黄変した紙カルテに難渋しながらそこに書かれた内容と彼女の左目を見比べる。

フーンと鼻を鳴らし、先がろうと状になったライトや、眼球を掘り起こせそうな鉄のヘラなどをひととおり駆使した医師はこう結論した。

「二歳のときの状態からそんなに悪化してないみたいだけど、眼底の評価ができないからまず眼のエコーをしましょう」

彼女はひっかかりを感じ、七歳のときの？　とただしたが医師は使い切りの点眼容器の封を爪で剝ぐことに集中しながらウム、と生返事をする。点眼麻酔を施され、眼球全体がじわ、と熱くうるむような感覚を味わいながら診察ベッドへ横たわり、片手で右目を覆う。左目の世界はうす黄色く、どこまでも広い。

「寄生虫じたいはもう居ないので、後遺症はそんなに進まないですよ、む、網膜剝離、かなこれは。この、ふよふよっとした、これね。まだ浮腫んでる、といったくらい」

急に患者が身を起こしたので医者はあっけにとられ、続いてむっと口を歪めた。

「寄生虫？　これは七歳のときの事故でなったもののはず。イヌワシに、大きくて立派な猛禽で、それに」

「これは寄生虫感染の症状ですよ、駆虫の記録もあるし。南米生まれなんですよね、だから風土病。二歳まで治療されてなかったから片目はダメだったみたいですね」

「別のひとのカルテじゃ……」

妙に言い募る患者に、眼科医はいちおうカルテに書かれている情報を見直すそぶりをしたが、それが無駄なことは彼にも、そしてアリチャイ自身にもうすうす分かっていた。

「七歳の時にも受診記録はありますけど、公園かどこかで転んで目の上を切ってね。目に血が入ったただけだから、あとは形成に転科してますよ」

母親の『かわいそうに、責任はとる』とはこのことだったのか？　健康保険証をとらせるには子どもを役所に届け出なくてはならない。社会の間違った教育から彼女を引き離し、本当の教育を与えるために七歳まで彼女の戸籍登録がなされてなかったのは事実だ。しかし二歳でこの目がいよいよどうしようもなくなり、自費での受診を思い切ったのだろう。

イヌワシの「しるし」
精霊と交感するための目印

眼帯をつけ、院内処方された目薬をもった彼女はいちど医院の入っているビルを出てスーパーマーケットへ向かった。そこで塩の少ないソーセージや蒸しパンを買い込み、アーケードをしばらくそぞろ歩いてから母親のいる病院へと戻る。

ささやかな期待に胸を弾ませている母親の、白髪すら薄くなり日焼けしたような赤っぽい地肌ののぞく頭頂部を見下ろしながら車イスを押して、エレベーターホールを中心に回遊する構造の循環器科の廊下を延々と進みあるいは戻り続ける。

傍目には自分たちは、痴呆がインテリジェンスの領域を浸食したがためにいまは無邪気なかわいらしさだけが端端に見えるただの老母と、混血の三十代の娘の一組に映るのではないだろうか。

いや、じっさいそう、なのだ。特別なものなど最初からひとつも無かった。この大亀のプライドをもった平凡な女の八十数年間の偽史、そしてその支流たる優子の三十余年がこの病院の、回遊するクリーム色の廊下に行きつき、おどんでいる。

彼女は自分の信者、爆弾男とノラ犬むべのことを考え、申し訳ない気分になった。

ただ、胸は荒れていたが、波立つ海面の下は存外静かなように彼女のこころはその水底で静かだった。

オーケイ！

だれもが息をひそめている病院の待合、そこからのびる永遠の昼のような底光りする廊下に少年の声が響いた。

そちらを見やると、父子とおぼしき一組の男性が肘掛けでひとり分ずつ区切られている長いベンチの一角で固く手を握りあい座っている。どこもかしこも細長く見える伏し目の父らしき中年男性が空いた片手で自分の口を塞ぐようにし、少年の声をもった二十代後半ほどの息子に沈黙を促している。

目も口も横へ引いて大きな笑みと見える表情をした色白の息子は声量こそ落としたものの、さきの言葉を繰り返した。

オーケイ　オオオケエイ　オウケイ

もとは英語であるはずの一音がその意味を解かれ、かれの口からロウソクの火を吹き消すように、あるいは強い咳で痰でも切るように、または隣の父親の腕首にある古いやけどの跡を慰撫するかのように、ほとんど物の質感をそなえて吐き出されるのに、アリチャイは惚れ惚れと聴き入った。

車イスの加速感へ楽し気に身をゆだねていた母親までもがいつのまにか小さく、オーケー、オーケーと節をつけてつぶやきはじめる。

母親はマリオ・サヴィオのスピーチをはじめ、海嘯、アイヌ神謡、フクロテナガザルの鳴き声、類人猿が棲んだ洞窟の風の音、彼女が思う美しいもの、良いもの、正しいものを集めた二百本近いカセットテープを娘に聴かせ続けた。それはその後の裁判で厳しく追及されたように独善的であったには違いない。

ここに録音機があったなら、母親は間違いなくこの大きな笑みの顔貌をあらわす青年の声をテープのコレクションに加えただろう。シュー｜ッと小さな蛇のような声をたてて制止しようとする父親の声とともに。

美しく良いものだけで娘の生を彩り、我が子に特別な価値を与えようとしたその動機に、利己的なものだけ見出すのは酷かもしれない。

とくに、その子が偽のシャーマンならば。

オーケイ　オーケイ
眼帯に覆われた『しるし』に不思議そうな顔をした爆弾男・蓮四郎はさらに彼女がそれをずらして仰のき、目薬を垂らし入れたのを見て仰天した。

「目が痛いんだよ」

弁解じみた言葉をもらしたアリチャイをよせ、よせ、とやみくもに制止しようとする。

「なるべく光にあてないようにして目薬をささないといけないんだよ」

元革命家にして元受刑者にして爆弾男の彼には信仰するシャーマンが眼科で処方された薬品をイヌワシの選んだこの世で一つの目へ流し込むことをとうてい許容できないのだった。

高架下の小屋の前で、金属の骨組みに麻地を張った小さな折り畳み椅子を開きおのおの川へ向かいながら座ってもしばらく二人はかたくなに黙りこんだまま、それぞれの手仕事に精をだす。蓮四郎は、川底に据えて小さなエビやドジョウを捕るための網の破れ目をつくろい、アリチャイは鵜の子に与えるために魚屋からもらってきた、大きさの不ぞろいな雑魚の背びれやぜいごを小さなナイフで削ぐ作業に集中した。

夏の終わり近くにもかかわらず日差しの強さはさらに増し、川の上にどんどんと熱い陽炎を湧かせている。むべは中年期にさしかかった犬の堅実さで、仔犬のように羽虫を駆け散らしたりもせず腹だけスイカのようにまるくさらして涼しい草むらへ横たわっている。

彼女の足元に落とされた魚の切れはしをおおきなクマネズミがかすめていった。

オーケイ!

「イヌワシの話は母の作り話だった」

あらかた処理を終えた魚を川の水でざっと流し、塗装用のペンキを容れていた缶にヒモを通して簡単なバケツにこしらえた中へ入れて彼女は立ち上がりこともなげに言った。

「猛禽のショウを観たのは確かなんだけど記憶がゴチャゴチャになったみたい。蓮四郎には悪いことをした」

未練もなく川上へ歩き出した彼女のあとをノラ犬むべも蓮四郎もついて来はしない。

「おれはあんたの気持ちがわかーる」

のんびり間延びしたような言葉を水面へ放るように彼は声をあげた。

「でも破断した水道栓が川の起源だっていいだろ、アマゾンの精霊がなくったって、女族長の予言が嘘だってかまわんぞ。おれはあんたのイヌワシの話を本当のことだと思う、そもそもあんたの川の歩き方が本当なんだからなあ」

「なら、どうして鵜のところに行かない？」

振り返ってただしたアリチャイに爆弾男・蓮四郎は肩をすくめる。

「むべは暑くて動きたくないし、おれは痔が痛む。心配するな、もうすぐ大水が来るんだろ、おれは爆弾の調整をしておく。ぜったいしくじれないからな。まんがいち、まんがいちだぜ、あんたのイヌワシの『しるし』にしたってぜんぶデタラメだっておれはあすこを爆破する」

アリチャイはケープの手元を片手で捲り上げるようにして腕首をあらわし、勢い込んで宣言する蓮四郎の額の前へ手をかざした。

「鵜の子らが飛びたてればバクハはしなくていい」

彼は目の前でそろえられた指をにらみ、しばらく歯を喰いしめていたがやがて、

「水の流れを正すと言ったろ、間違った流れを良い流れにするんだろ、それには爆弾がいるんだ

ぞ」

と低く唸った。

「いや、でも……」

言葉を迷わせた彼女の手、いまだ蓮四郎の鼻先へかざされたままだったそれを手の甲で強く払いのけた彼は小さく頭を振ってうなだれる。

固い沈黙のあいだを、穏やかで一定な水の音が縫っていった。ふいに川へ背を向け荒々しい音を作り出すように足先で砂利をはねとばしながら『玉座』へ歩み寄った彼は座面へ跳び乗るとその上へ仁王立ちしぐっと胸を張った。

「『焼カレタナラ悪人ダ』」

厳かさを演出した声音は誰かを真似たものに違いなかった。

「落雷で火が出ると親父はどこへでも見に行った。ほんの赤ん坊だったおれを連れて」

中天を過ぎた陽が照り返す水面の、ぎらつく光をまだらに顔へ浴びながら蓮四郎は赤茶けて小さな両手を前へ突き出し、握りこむと自分の痩せた胸板を激しく打ち叩いた。

「家を焼け出された人らの恥ずかしそうな顔！」

アリチャイは蓮四郎から発されるとも見える強い光の眩しさから、我知らず掲げていた手で生き残った片目をかばう。

「明王の火、明王の剣！　天の火に焼かれる奴が悪人だ、おれのひい祖父さんが築地を焼け出されたのも、祖父さんが空襲で寺を燃《も》されたのだって銭勘定ばかりの悪鬼だったからなんだ、資本家の手先の糞どもが」

蓮四郎はさっと首をめぐらせ、彼女へ向かっておのれの双眼を示してみせ、うってかわった優しいささやき声で、

「やわらかい、ほんの赤ん坊のやわらかい眼に、頭に、血のなかに火が入りこんだらもう、その子は」

アリチャイの耳から水の音がことごとく消え去り、呪わしくこだまするような彼の声だけが響く。

「その子は爆弾男になるか焼け死ぬしかないだろう？」

彼女は顔をゆがめ、目をそらす。視界を外れた、ひどく遠く感じられる場所から呻くようなため息が長く吐き出され、その果てに小さく、返事をしてくれ、返事をしてくれ、というつぶやきが滴るのを聞いた。

応える言葉を持たないまま、重い足を曳いて再び水の中を歩き始めたアリチャイへ、爆弾男・蓮四郎はさらに声をかける。

「痔はなんとかする、あとで向こうのもう少し開けた河川敷の中洲で爆破実験をするから鵜の世話が終わったらここへ戻ってくれ」

彼女は肩越しに頰だけで頷いてみせた。

カワウの幼鳥たちは餌を与えられ、糸巻き型のラグビーボールほどに肉付きが回復してきた。

風切りも十分に生えそろっており、水かきのついたうろこ模様の肢もしっかりと足下のコンクリートを踏みしめている。しかしかれらはいっこうに羽根をはばたかせるしぐさを見せない。目の周りを黄色く塗り鷺《さぎ》や鴨のはばたきを真似てみせる彼女から、うっすらと視線をそらしカーブを描く防水コンクリートの内壁を見ている。じれったく思い、その首をつかんで管の外へ引き出そうとするが強く絞られた腿に蹴りあげられうまくゆかなかった。

ここ数日の干天で川の水は底が見えるほど浅くなり砂利の間に水の中をねぐらとする虫たちの死骸が腹を見せている。煮たてられた水の中で藻が黒く変色し、金属臭がたちこめるなか、彼女は天体の動きほどにも動かしがたい巨大な崩壊の気配を察した。

南米の大河川の精霊たちは相も変わらず沈黙している。ここの祖霊たちは残らず死んでしまったのだろうか。

震えだしそうになった彼女の鼻先を新鮮な草いきれがかすめる。

鶏の子らの世話と母親の入院に時間をとられ最近は上流まで辿ることができていなかったその川上から懐かしい水のにおいが下りてくる。

もつれる足で水を割りのぼってゆくと土中へ埋められた巨大な管が川のはじまりを押し込めている、この流れの起始部へたどりつく。

小さな滝のように水がなだれ川幅が最も狭くなっているその流れのなかに見慣れない跡を認め、急ぎ駆け寄る。

川底が砂利と土を巻き上げられ、流れを斜めに横断するようにえぐれている。アリチャイはホホオ、と歓声をあげた。

これは大蛇が川を横切った跡なのだ。大きくやわらかな重い腹で水底のあらゆるものをこすり、あるものを深くうずめあるいは水の面へ掘り起こしすべてをしかるべきところへ立て戻す。水の中へ膝をつき、水面へ額ずこうとした彼女に聞き覚えのある声がかけられた。

「そんなとこで何してるの」

水中にひざまずきながら顔をあげた彼女は側道に立つ警官の、不可解さを通り越して嫌悪感すら滲む貌《かお》と、制服のなかに窮屈そうに押し込められている肉の張った腰回りから腿を順に見、口を開きかけやはりつぐんだ。

「そこにいなさい、いま行くからそこを動かないで」

若々しい大きな動きで自転車のスタンドを弾き立てると、フェンスの継ぎ目に身をねじ込み護岸壁の上へいったん腰をおろす。そのままハシゴ状に据えられている杭を片手で降り始めた。もう片方の手であちこちに揺れる帯革の装備品や無線機を押さえながら。

川岸のわずかな砂洲へ立った警官は靴を濡らしたくないのかアリチャイを自分のほうへ手招いた。

「この間逃げたヒトだよね、質問に答えなさい。名前は？　勝手に川に入って何しているんですか」

膝がしらで水を切りながらどんどんと近づいてきた彼女から半歩、退いて警官は硬い声をだす。

「そこでいったん止まりなさい」

「わたしはアマゾンの部族の血をひくアリチャイ。族長から言われて自分の川をしっかり見ている。この目がイヌワシのつけたシャーマンの『しるし』、いまはあの……」

彼女は右目を警官からそらさないまま肩を広げるようにして自分の後ろを指さした。

「大蛇の通った跡をみていたんだけど」

警官は彼女の言葉よりも黄色く縁どられた目やボロボロのケープ、腿までたくし上げたズボンとそこから木の根のように伸びる裸足にうんざりしたような目を向けている。

そして何度か、腰につけた無線機に触れたが結局どこにも連絡をしなかった。これまでもアリチャイは何度か警官に呼び止められたり注意されたりしてきたが補導や逮捕されたことはいちどもなかった。蓮四郎のよく言う「国家権力」は、川の水に足を濡らし精霊と交信しようと努力している自称シャーマンに対し、どのように権力を行使し、無線でどこへ、何と呼びかければいいのか。

アロー・アロー・おとなしく良い川、仙川がシャーマンの力をもった三十代の女によってアマゾンの精霊を招き寄せられ霊力を取り戻しつつあります、至急、応援願います、われら国家権力が霊力の挑戦を受けている、これははっきりテロリズムです、応援願います、こんな風に仲間へ呼びかけたらどうだろう。

しかし警官は以前にアリチャイを追いかけた切実さを失い言い募る。

「この上で二十年前にあった事件、知ってますよね。ここ一帯は今も警戒区域なの、わかるかな。いますぐ川から出なさい、従わないと」

最後まで聞かず、彼女は川べりへ上がって警官の横に立つ。警官が自分にたいしてひどく不安を感じているのがわかった。自分の指示に不審者が諾々と従ったことに少し安堵したようすの警官はおもねるような響きすらこもった声で続けた。

「あそこが気になるんですね、川の砂利がえぐれているところ？　上の家が、二軒とも来年取り壊されて、公園といっしょに宅地も広がるから重機であの川底を少しずつさらってるの。ふふ、大蛇とか面白い発想だね」

地下を走ってきた水脈がはじめて地上へ出る場所であるこの急流は、地下水脈そのものが大きくコンクリートで固められた水道管のようになっており、水の出口は土と下草と蛇籠で造られている。その上部に点々と遊具を頂く公園が広がり、敷地のきわから川へせりだすように白いモルタル壁の二階建て家屋が建つ。並んだ二棟は双子のように似かよい、小さなアルミサッシの窓だけをこちらへのぞかせている。

二十年前、左の家で殺人事件があった。右の家には殺された家主の親族が住まっており、その遺族も数年前に亡くなったときく。いつでも黄色いテープで囲われている家の、建売り住宅のしらじらした明るさが曇天の下で際立っている。

アリチャイは片手に提げている魚の缶を砂利へ置くとかがみこみ、足元へひたひたと寄せくる水を手皿で掬い、口元へ持っていくと一口ふくんだ。

土臭さと金属の味が広がったあとに、舌がしびれるような苦さがきた。下流の水の複雑なやわらかさと違い、ひとつひとつの要素が相容れずにするどく立って刺すようだった。二十年前に流された血は、貯水タンクと浄化槽と鎮魂の儀式に薄められたにもかかわらず、いまだ呪いの力を失っていないのかもしれない。しかしこの川全体を満たすにはまだ足りないと思われた。

「警察官、さん。わたしはにせシャーマンなんだけども」

薄気味悪そうに身を遠ざける国家権力の女性に、アリチャイは本当の言葉を選ぶように気を付けながら話しかける。

「にせのシャーマンで、母『女族長』はじっさい普通の人で、この目もイヌワシでなく寄生虫感染によるもので、部族の長の言葉もわたしの生まれもたぶん母の創作なんだけども」

ううん、とそこで言葉を切り、長い時間考え込んだ彼女を、意外にも警官は辛抱強く待った。

「一羽の水鳥にそのためのひとつの河口があるように、わたしにもひとつの川がある、なつかしい声が聴こえるよう、しっかりしなくてはいけない、という首長の言葉ね、それが母の創作にしたって、その中に祖霊の声がまぎれているように思うので」

ので、とそこから今度こそ完全に沈黙した彼女の顔を警官が覗きこむようにし、アリチャイはそこにマガモのようにも率直な野性の無表情をあらわした目をみとめ、わけもなく赤面して顔をそらした。

川岸の、警官が下りてきたハシゴ状の杭を消沈したように上り、片手に缶を提げて狭い歩道を川下へ向かってトボトボ歩きだしたのをどうとらえたのか、あとから同じように棒杭をたのんで上がってきた警官は自転車を引きつつ彼女の後ろを、一定の距離をとりながらついてくる。

爆破予定地の向こう、葦の群れ生える中洲を見下ろす川岸にいたり、彼女が再び水際へ下りようとしているのを見咎めた警官が駆け寄ってきたが、川へ入らずコンクリート壁を覗き込みはじめたようすに興味をそそられたのか、フェンス越しに首を伸ばして足元を見ようとした。

　何してんの？　先ほどの機械じみた声がけと違い、はっとするほどに無邪気さを含んだ声音の問いが降ってきたのでアリチャイは仰のいた。

「親鳥に選ばれなかったカワウの子どもの飛行訓練、もう大水も近いからね、かれらが溺れないように」

　カワウの子たちは両翼をへたりと下げて半目になり寒々しく重ねあわされた自分の肢を見つめている。しかし時折、狭い空隙にもかかわらず、あぶらで光る黒い羽根を成鳥たちがそうするように広げ、打ち振ってみたりした。羽根を乾かすためのその動きはアリチャイの気持ちを高揚させる反面、心底に澱のように沈んでいた疑念をかきたてた。

　あの黒い立派な鳥、精霊と自在に交信できているはずの親鳥が放擲した子らを生かすことは何らかの厄災を呼ぶのじゃないか？　それに対して自分は犠牲を伴う責任をとらなくてはならない？

　かわいそうに　せきにんはとる
　ふいに、熱い肉の張りをもったからだを押し当てられ、考えが破られたアリチャイは脇へ目をやったが眼帯に覆われた左目は何もとらえない。顔ごと隣へ向け、好奇心にとらわれたのかいつの間にか葦の洲まで下りてきていた警官が彼女に体を密着させ、排水管のなかの鳥を見ようとしていることに気付く。

アリチャイは缶からとりだした魚を、いまはもう積極的に嘴を開いてついばむ雛どりを彼女に見せるため身をよじった。

ぐいぐいと押し付けられる大きな赤ん坊のようにふくらんだ肉体の確かさが、端的にアリチャイを慰めた。

「すご、大きな鳥！　わあ、ヤバ、はじめて見た……」

警官は暗がりのなかに光る緑の目に見入りつつ小声で夢中にしゃべっている。それは動物公園を面白がる見物人の感想と同じような言葉ばかりだった。しかしカワウの子らの厚い胸筋からふいごのように押し出される息が鳴管を抜け、警官の肺腑に確かなものとして入り込んだのが感じられた。


うす曇りの空の向こうで日が傾いでいるのを認めたアリチャイは、蓮四郎の爆破実験があまり遅くなってはいけないと、感嘆の声をあげつづけている警官をそこに残して今度こそ流れの中へ踏み入り、慌てた警官が制止する間もなく川下へ向かって駆け下っていった。

爆弾男・蓮四郎の顔は泥に近いような濃い灰青色の塗料でぬり込められ、ノラ犬むべの額にも一刷毛だけ同じ色が真横にひかれていたが、蓮四郎の手首に真新しい咬み傷があるのを見るに、かれの意匠が充分反映されたのかは疑問だった。いつも履いているガムテープで留めたサンダルのかわりに、くたびれてはいるものの赤茶の革靴で足をつつみ肘当てを縫いつけたねずみ色の背広を着込んでいる。

夕風が日中の熱いもやをすっかり押し流し川原の草をまとめて揉んでいる。蛇のうろこにも似た川面のさざなみを眺めわたしているかれらの頭上の鉄橋を、ときおり私鉄の車輪が大きく鳴りながら通り過ぎていく。

ここは蓮四郎のねぐらの対岸に位置する高架下の砂洲で、川をまたいでこちら側にある駅舎へ向かい減速していく快速電車の轟音が、爆破音をかき消すだろうという予測から彼が選んだ場所だった。

爆弾男・蓮四郎は蒼ざめるほど緊張しており、汗で流れてくる塗料が目に入らないよう脂汚れした布を何度もまぶたへおしあてている。そして、その化粧がフェルディナン、顔を青く塗りたくったフランス映画の爆弾男に由来していることなどを早口で説明した。

「フェルディナンは何を爆破する？」

アリチャイの問いをわざとらしく無視し、二十メートルほど離れた鉄橋の脚の根方へこんもりと砂利を積み上げたその中に埋め込んである爆弾を手元の改造電話機で操作して、次の快速急行が来た瞬間に爆発させると宣言した。

上りの各駅停車と、急行電車がそれぞれ一本ずつ通り過ぎる。饒舌が鳴りをひそめ、石のようにも押し黙った彼は手の中におさまるほどの装置を砕けんばかりに握りしめている。

遠くから重い車輪の音が、巨牛の群れのようにも響き始めすぐに赤くサビ止めを塗られた鉄橋に迫ってきた。地鳴りとともに駆け抜けてゆく長い金属の腹の下で、爆弾男は、やっというような掛け声とともに親指を動かした。その瞬間、固いものが弾ける音とともに予想よりも高く陽性の破裂音が響き、砂利と砂が巻き上げられる。拳ほどの石が、続いて細かな礫《つぶて》が洲や川面へ墜ちてゆき、土煙はなかなか消えない。かれらの足元ちかくまで転がってきた石のかけらは表面に気泡のような穴をいちめんに発していた。爆発音に一瞬ひるんだように見えたノラ犬むべは、風向きの変化でこちらへなだれてきた土煙に向かってさかんに吠えついた。

　これが成功なのか失敗なのか判断がつかないまま腕組みをして口をひきむすんでいたアリチャイの横で、いつのまにか広島カープの赤い帽子を片手で胸へおしあてるようにし直立していた蓮四郎が感極まった声をあげた。

「おおい、おおおい、見てるか、みんな。おれはやった、おれはやったぞ！」

　一羽の、ずいぶん大きく見える青サギがすべるように飛んできて爆破箇所あたりの水を選び長い脚を差し入れるように着水した。そのまま、頸をかしげるようにしばらく立っていたがふいにその嘴を水中へもぐらせ、苦もなく小さな魚をついばんだのに気付いたアリチャイは苦い気持ちがした。破裂音か衝撃かによって小さな魚たちが死んで浮いたのだとわかった。

「本番ではな、この十倍も威力を出すことができるぞ。それで捕まってまたくらいこんでも悔いはない。おれにも精霊の力が宿るだろうか？　仲間たちの霊もまじった祖霊たちはおれを見ていてくれるだろうか……」

雨は三週間も降り続いた。曇天はその向こうに太陽を隠しているためか、まぶしいような一面の白で、たまにその中を薄赤い稲妻が音もたてずに走る。水位が刻々と上がっていったけれども、都市の管理された水の道にたいした障りはない。誰の目にもそう見えたがアリチャイには地鳴りのような崩壊の音が日々、大きくなってゆくのが聴こえていた。

水の際が洲や土をも浸食し、幾匹ものもぐらが腐敗ガスで破れた腹を横にして流されていき、泥で黒く粘ついた水が窒息させた水生昆虫たちが瀬に溜まっていく。

土手の排水口となっている護岸壁の放水穴からひっきりなしに雨水が噴き落ち、長らく穴の下へ伸びるように自生していた苔の道を剝ぎとった。大粒の雨、長く糸引く雨、肺を塞ぐような霧雨が代わる代わる降り注ぎ、やむことがない。

夜半、硬い布団のなかで雨だれがそこここを打つ音に耳をすませていたアリチャイは、地底から響いてくる低い声を夢うつつに聴いた。重い泥を押し上げ昇ってきた泡の破裂音のようでもあり、地謡のようでもあった。

雨が降りこむのも構わず開け放してある掃き出し窓が川から吹き上げた風にあおられ、錆びた蝶番がうめき声のような軋みをあげている。

遥か南米の大河川から、精霊たちを乗せた雷雲がとてつもない雨のちからをたくわえ、この日本の辱められた川を励まし、祖霊の呪いの力を取り戻させるためにやってきた。

水に土の匂いが混じる。

アリチャイは跳ね起き、黒いウールのケープを羽織り目と口まわりをクレヨンで縁取って両まぶたに緑の丸を描き入れると木造アパートの掃き出し窓から川べりへ、裸足でとびだした。

蓮四郎は増水した河川敷からいつの間にか小屋だけを小高くなっている堰の根方あたりに移動させており、その中で油紙を巻きつけたロウソクを灯し、膝をたて座っていた。コンクリートブロックを積み上げた立派な『玉座』はもとの位置に放置され、半分以上水に浸かり、なおその座面を汚水に舐められている。

爆弾のために決して小屋には火を入れないと語っていたはずだとあやしみながらも、アリチャイは腰をかがめ肩で防水シート製の入口を割り開きながら大声で呼びかける。

「爆弾男・蓮四郎、精霊たちが来た、大水が出る。カワウの子らのために淵を造りに行こう！」

しかし蓮四郎は思いつめた表情で火をジッと見つめ、かたわらでどこから仕入れて与えられたのか大きな緑色の歯みがきガムを熱中して齧っているノラ犬むべの背に片手を置いたまま動こうとしなかった。その顔は寒々と尖り、頬だけ脂っぽく赤らんでいる。

アリチャイは彼が疑っているのかと思い、息を吸い込んでからものものしく言いかけた。

「『鵜の川』だよ、とうとう川が」

「支援をずっとしてくれた、人がな」

蓮四郎はむべの頭へささやきかけるように口をきった。

「生活保護受けるための住所も貸してくれていた人がな、おれに仕事をみつけてきたんだ。無農薬野菜の移動販売で、冷凍のミンチ肉なんかも売る」

彼は発泡スチロールの小屋の隅を見上げるようにして表情をゆるめ、架空の商売をそこに見ていたが、急に激しい痛みを感じたかのように両目をぎゅっとつぶった。

「なあ、これは裏切りじゃないだろ？　おれはずっと惨たらしいものを引き受けてきただろ？　これからはビン詰めのジュースなんかを売って、帽子をとってふつうの人たちと朝晩の挨拶だとか、天気の話をするんだ。犬にヒモをつけて散歩をして、医者に堂々と風邪薬をもらうんだ」

はっとしたり甘えたような顔をしたり、恥じ入ったりした彼が、もはや爆弾男でなく、そのために苦痛を感じているのがアリチャイにはわかった。無言のまま頷き小屋を出ていこうとした彼女に向かって蓮四郎は発熱している幼子のような涙声でなお訴えた。

「高校生……。おれは中学すらそんなに行かなかったが、男子生徒と女子生徒が校舎の窓を外と内から息を合わせて拭いている、その光景を見たよ。同級生とはどんなものだ？　わけもなく笑ったり、一緒に同じ歌を歌ったりするんだろ……」

アリチャイは彼が犠牲にしてきたものをわずかでも取り戻してほしいと切実に感じ、これから彼は自分自身のために、祈り暮らしていくのだろうと思った。

彼女はケープを広げてかがみこみ、ひらべったく嚙みつぶしたガムを両前足にはさみこみ、なお執着している犬の頭へ手を置くと、

「アンデレ、ヨハネ四郎を頼むよ」と声をかけ、今度こそおもてへ踏みだした。

闇のなかにある黒い川は、それでもどこからか差し込むわずかな光で水面に縞をあらわしなが

ら水位をカワウの子が棲む排水管ぎりぎりまであげ流れ下っている。川岸の砂洲はすべて水に沈み、水流の激しさにいちど川の中から遊歩道にのぼったアリチャイは杭を伝い下り、腿のちからで水勢に逆らいながら鵜の棲み処をのぞきこんだ。

そこに幼鳥の姿はなく、ただ白い糞が散る葦かごの巣が残されているばかりだった。アリチャイの喉から歓喜がほとばしった。かれらは水の迫る気配を察し、目の利かないはずの夜へ向かい兄弟そろって飛び立ったのだ。

アリチャイが安堵して遊歩道に戻り、下流へ向かってあるきだすと、屋外スピーカーからサイレンの音が響いてきた。続いて女性の声で、豪雨により数か所で堤防が切れたことが伝えられ、低地の住人へ避難を促す言葉が、こだまをひきながら繰り返される。

コンクリートの戒めを砕き、蓄えられた膨大な呪いが黒く膨れてあらゆるものを呑みこんでゆく様子が、鵜を模したアリチャイの緑の目にはありありと見えるようだった。

その中に、車イスに包まれているような老女、チェック柄の毛布に膝を包み固く小さく両手を握りしめた母親の姿を見た彼女は、ひときわ防災無線が音高く響き渡る大河川へ向かってもつれる足取りで進みはじめた。

いったん横を通り過ぎた、車載拡声器から避難勧告の放送を流している警察車両が彼女の数メートル先で停車し、ゴム合羽を着こんだ二人の警官がおりてくる。背の低いほうの警官が、合羽の上からでもわかる充実した肉付きの腿を広げて立ち「やっぱりあなただ、どうしたの」と声をかけてきたので、アリチャイは歩みを止めず顔だけ上げた。その顔がひどく青ざめこわばっていたので警官は少しひるんだようだったが、合羽とそろいの雨除け帽のつばをちょっと上げて労わるように「どうしました」と再びたずねた。

その目の片がわに自分のものと似た眼帯を認めアリチャイは驚く。足を止め、無言で指さすと警官は、かたわらに立つ相方を気にしつつ少し声を落とし、

「あの、鳥の子が気になって夕方に見にいったの。一羽はもういなくて、残ってた子も、わたしが覗き込もうとしたら管のふちにしっかり肢を踏ん張ってバッと飛んでった。これははばたきに当たった跡です」

アリチャイは彼女がこの都会における真のシャーマンなのではないかと疑い、精霊たちはこの警官にこそ力を与えにやってきたのかもしれないと心が乱れたが、同時に、自分の最も深く静かなところに流れ続けていた寂しさの音楽が鳴りやんだようにも感じた。

「警察官さん、多摩堤通りの大きな橋を越えたところにあるケアホームに母がいるんです。あそこは無理に川幅を狭めたから流れが速くなっているし、眺望をよくするために堤が低く造られてる。これから大蛇の水が来る、ホームまでわたしを連れてってくれませんか」

警官はしばらくアリチャイの顔をみつめ、自分の腰を両手で支えながらウウムと唸った。そしてもう一人と額を寄せ合って何事か話しあってから彼女へ向き直る。

「警察車両はタクシーじゃないからね、ただこのまま行かせると危なそうなので今回はお連れします！」

河岸に張り付くように建てられたホームの中庭に、レインコートを着せられた入居者たちが数十人、そして盛んにどこかへ電話し続けている職員たちがひしめいている。そこに母親の姿はなく、疲労と興奮をないまぜにしたような表情でしゃべり交わしている入居者たちに事情を聞くと、護岸を乗りこえた川が最も広く窓をとっている食堂へ押し寄せ、続いて調理室、娯楽室へ流れ入った、という。

避難勧告が出たが施設の車が足りず、この先の二子玉川駅へ私バスの借り受けを打診しており、そこへ乗り込むために班分けをしているがうまくゆかない、自分たち年寄りは多かれ少なかれ関節や内臓に問題を抱えており、誰を優先するか決めかねるのだ、不公平はあとで禍根を残すから……

アリチャイは入居者たちや職員を次々つかまえて母親の居所を質したが、だれからも答えはなかった。人ごみに、いつも母親の食事介助をしていたはつらつとした女性職員の、ピンでぎっしりと固めた麦色のまとめ髪をみつけ、思わずその手首を摑む。アリチャイの異様な化粧とたたずまいに一瞬、たじろいだようだった女性は職業的な力でそれをさっと押し込め、彼女の問いに応じた。

「お母さんね、心臓が悪かったから施設の車でさきに避難所へ送られたと思うけど、詳しくなくて。ごめんなさい」

申し訳なさそうにさっと頭を下げたそぶりもいつもの彼女の仕事ぶりと同じくキビキビとして

いた。

小やみになってきた雨のなか、だれかが小さく鋭い悲鳴をあげた。中庭に敷き詰められたテラコッタタイルの継ぎ目を縫って黒い水が流れ込んできたのだ。

アリチャイを送ってきた警官二人もそれぞれ施設の中や正面に停めた警察車両を行き来しながらたち働いている。雨粒を含んだ風が、どこかの部屋でかけたままにされた音楽を乗せてきた。トニー・ベネットの、懐かしい場所へ帰る曲だ。

心がそこにあって、帰ると黄金の太陽が自分を照らす……

聴きなれていたのはブレンダ・リーのカヴァーで、クラシックしか聴かないあの人が珍しくレコードを持っていた流行歌。

アリチャイは人だかりを抜け出し、中庭へ開け放たれているテラスの窓から施設の中へ入った。感電しないようにブレイカーが落とされているのか廊下は暗く、充電式の機器だけが小さくランプを灯しながら稼働しているようだった。

何か、予感を抱いて食堂へ向かうと、大きく畳まれた折り戸の向こうに、車イスの車輪が見えないほど増水した中、ひとりジッとしている母親が見えた。チェック柄の毛布が水の上に広がり、見慣れたプラスチック製の食器や敷布が浮かび揉まれている。

お母さん、喉にからんだ声で呼びかけ、粘るような水をかき分け近づくと、老女は窓向こうの川から目を離さず明晰な調子で言った。

「精霊は来た？　おまえの川に祖霊の力は戻った？」

アリチャイはギクリとしたが、両足でふみとどまり頷いた。

「大河から精霊が来た。わたしの川の祖霊の力は足りない」

老女『女族長』はため息をつき、ヘアーバンドを外すと額をこすった。

「かわいそうに、かわいそうに、でも責任は、とる」

突然、首を回して娘シャーマンの顔を見あげた彼女は、古木がとうとう人語を話しはじめたかのように低くひび割れた声で語り掛ける。

「『儀式』で森に選ばれなかったから、おまえの母親、まだ少女のようだった子は虫の巣に赤ん坊を置き去りにした、彼女の冷酷さじゃない、森と川の決定に従っただけ」

土の匂いと、水底から巻き上げられた生物たちの死骸の、過熟の果実のような甘い腐臭が鼻を打ったその時、腿にまとわりついていた水が足首まで引いた。

大蛇の奔流が窓を割り、掛け金を破ってなだれこんでくる。川はもはや単なる重力による水の落下ではなく、祖霊たちの精神の力を水に結集した巨大な運動体だった。

泡立つ波の手が、母『女族長』の乗る車イスの車輪をつかみ水底へ引き込んでいこうとするのを、一対のグリップを握りしめて懸命にとどめようとしたアリチャイは、祖霊らが『女族長』の精神と肉体を要求している声から耳をふさぐことができなかった。

そして『女族長』もまた、威厳を示してその車輪を小さく固い手で前方へ漕ぎ出そうと力をこめているのだ。立っているアリチャイの腰までせりあがってきた水は『女族長』の首に迫っている。彼女の編み上げた壮大な物語がいま、現実の水圧に結晶し、にせシャーマンの娘は未練がましく母親の命に執着している。跳ね返る水しぶきが口に入り、アリチャイは舌の上から喉奥まではじける針のような刺激にむせこみながら声を吐き出す。

おおアルマジロの雨　黄金猿の雲　赤い五本指よ　倒立して大蟻の地面をつかみ　青いあならは魚の群れなす空を踏め

終わりの水とはじまりのみずのあまにがさ

母『女族長』が大きな車輪とともに激流へ消えたその最後の一瞬、アリチャイの手がグリップを引いたのか、押したのか、彼女にはわからなかった。母『女族長』の手が漕ぎ出そうとし続けたのか、退いたのかもわからなかった。

懐かしい匂いをたてながら白く泡立つ這い跡と祝祭の気配を残して大蛇の水が去った食堂に立ち尽くし、アリチャイは自分が鵜の川のシャーマン・族長になったことを知った。精霊に拒まれた子ども、にせシャーマン、混血の狂女は今やこの都会のシャーマンなのだ。

彼女は途方もなく一人きりで、きわめつきに自由だった。

施設の中へ駆けこんでいったアリチャイを心配した警官が細身のライトを肩口に掲げ周囲を照らしながら彼女を探し回っている。暗闇のなかに、ウールのケープの裾から水滴をしたたらせべったりと黒い水をまとわせている人影を浮かび上がらせた女性警官は、ウッと声を詰まらせた。

黄色い塗料と緑の塗料を顎からつたい落ちるままにし、立つ姿の異様はあとから追いついたもう一人の警官をも絶句させた。

お母さんはどうしました、大丈夫だった？

ようやく言葉を押し出した警官にあたらしい族長・シャーマンは首を横に振るだけの挨拶をかえし、古い族長をさらった川へ向けて掃き出し窓を出ていく。

母『女族長』から教えられた先住民たちのならわしを思い出しながら、濡れた石を踏み行く。死んだものは弔いの詩を詠ったら忘れねばならない、それからは何も語らず、ゆかりのものはすべて燃やしてかまどの下へ埋め、痕跡を消す。そうしなければ悲しみにとらわれてしまう。

シャーマンの強靱な両腿が割り開いてゆく水は小さな河口を次々と生み、彼女のうしろへ新しい流れを継いでいった。

つかの間、ちからを取り戻した大河川のはたを、注意深く足で探りながら歩き続ける彼女のなかから母『女族長』が少しずつ抜け落ち、その空隙を上空の精霊と川底の祖霊が隅々まで満たしてゆく。

先住民たちは数年にいちど、祭りのときにかまどの下の土を掘りおこして食べるのだ。

精霊が祭りの日を告げたなら、川底の土をさらって食べることになるだろう、と彼女は確信をこめて考えた。

初出
グレイスは死んだのか　「新潮」二〇二四年四月号
シャーマンと爆弾男　「新潮」二〇二三年十一月号

Cover Art by Christina Mrozik

グレイスは死《し》んだのか

発　行　2024年7月30日

著　者　赤松《あかまつ》りかこ
発行者　佐藤隆信
発行所　株式会社新潮社
〒162-8711　東京都新宿区矢来町71
電話　編集部　03-3266-5411
読者係　03-3266-5111
https://www.shinchosha.co.jp

装　幀　新潮社装幀室
組　版　新潮社デジタル編集支援室
印刷所　大日本印刷株式会社
製本所　加藤製本株式会社

ISBN978-4-10-355461-5 C0093